Vicomte DU BREIL DE PONTBRIAND

Vertu de nos Pères

DEUXIÈME ÉDITION

PARIS

LIBRAIRIE ANCIENNE HONORÉ CHAMPION ÉDITEUR

ÉDOUARD CHAMPION

5, quai Malaquais

1913

VERTU DE NOS PÈRES

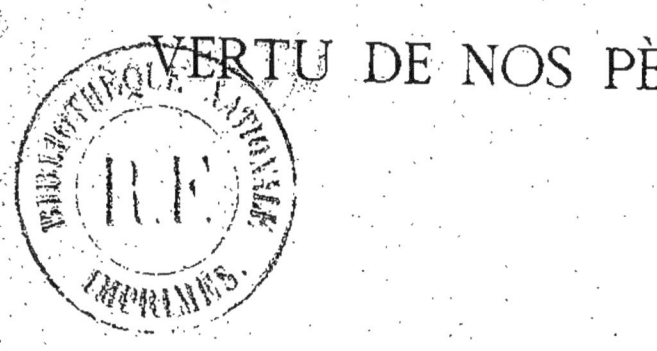

OUVRAGES DU MÊME

Vicomte DU BREIL DE PONTBRIAND

Vertu de nos Pères

PARIS

LIBRAIRIE ANCIENNE HONORÉ CHAMPION ÉDITEUR

ÉDOUARD CHAMPION

5, quai Malaquais

1913

PRÉLIMINAIRES

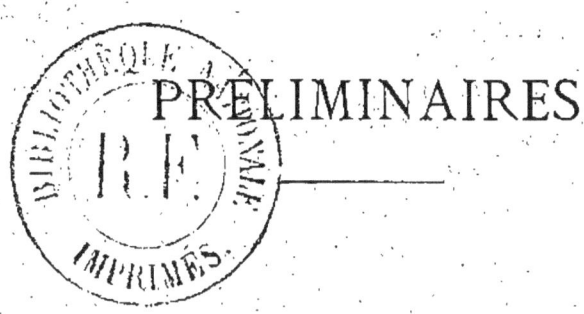

Entre les faits dignes de mémoire dont nous avons essayé de retracer le souvenir dans divers ouvrages historiques et généalogiques concernant nos aïeux, il nous reste à rassembler ceux qui, en dehors de l'éclat purement humain, sont relatifs à un autre ordre de mérites non moins dignes d'être proposés en exemple à la postérité qui doit nous suivre ; mérites grands et petits, vertus héroïques ou modestes, mais mérites dont les moindres, à notre sens, ne doivent pas être négligés, parce que ce sont souvent les plus susceptibles de trouver des imitateurs. Or nous estimons que l'émulation pour le bien, sous toutes ses formes, ne doit pas être au-dessous de celle qui vise la gloire de ce monde.

Nombreux sont, dès les premiers temps, parmi nos ancêtres, ceux dont la vertu ou la piété paraît devoir être l'objet d'une note spéciale.

Sans entrer ici dans de plus grands détails, RODOLPHE du Breil, marié, au cours du XIIe siècle, dans l'importante maison de Meillac, paroisse de ce nom, et mort avant 1192, paraît avec plusieurs parents de sa femme, dans divers actes touchant la fondation et la dotation de l'Abbaye de la Vieuville. GUILLAUME du Breil, probablement fils du précédent, qualifié chevalier, et sénéchal (vraisemblablement de la Cour de Vitré), est appelé, en 1177 ou peut-être plus exactement, « au temps de Roland, élu archevêque de Dol, soit de 1177 à 1187 », à servir d'arbitre, avec l'évêque du Mans et divers seigneurs du pays, au sujet de la possession de la Bigotterie, réclamée par les moines et l'abbé de la Vieuville, et objet d'un procès « qui alla jusques devant le Saint-Père de Rome », mission qui témoigne hautement de la prud'homie et de la considération de celui qui en était l'objet. — Pas n'est besoin de dire que les seigneurs et chevaliers qui, parmi nos ancêtres, prirent part à la Ire et VIIe croisades, poussés par la sainte ardeur de délivrer le tombeau du Christ des mains des Infidèles, ne démentaient pas la foi et la piété de cette généreuse milice. A côté d'eux, n'oublions pas non plus de vénérables personnages, comme EUDE du Breil, prieur du monastère de Chantoceaux, à la fin du

XIIe siècle, suivant une charte de Marmoutiers, et GUILLAUME, chanoine de l'église de Dol, chargé de la procuration du chapitre dans plusieurs actes concernant l'élection, en *1340*, au siège épiscopal, de Henri du Bosc ou du Bois, élection contestée, dans le premier moment, par l'archevêque de Tours.

Toutefois, nous avons hâte de venir à un historique plus précis et plus documenté, dont nous commencerons par puiser, en grande partie, les éléments dans les archives du couvent des Frères Prêcheurs de Dinan (Dominicains ou Jacobins, autrement dits encore Cordeliers), couvent remontant, ou peu s'en faut, à l'époque où saint Dominique lui-même[1] prêchait, dans notre pays, la croisade contre les Albigeois. La première fondation en est généralement attribuée à l'illustre maison de Coëtquen, ramage de celle de Dinan, par d'autres cependant au bienheureux Alain de Lanvallay, qui, du reste, était lui-même prochement allié des Coëtquen.

Quoi qu'il en soit, les souvenirs du couvent dinannais ont été recueillis, en *1725*, par un anna-

---

1. Saint Dominique avait entraîné nommément à sa suite l'évêque de Saint-Malo, Pierre Giraud et le vaillant chevalier Alain de Lanvallay.

liste, que l'on croit être le Père Jules ou Julien le Texier, et sont conservés aux Archives de l'Ordre, sous le titre de Mémoires historiques de la fondation, des bienfaiteurs et des personnes illustres en vertu et en science des Frères Prescheurs de la ville de Dinan, en Bretagne. *C'est la principale source dont le P. Dom M. D. Chapotin a tiré, de nos jours, la matière de ses* Souvenirs Dominicains dans le diocèse de Saint-Brieuc [1].

Parmi les plus insignes bienfaiteurs de notre maison dominicaine, étaient, avec les Coëtquen et les vicomtes de Dinan, les Beaumanoir et les du Guesclin ; car on ne doit pas oublier que le grand connétable, par son testament, dicté devant Châteauneuf-Randon, le 3 juillet 1380, avait choisi sa sépulture en l'église Saint-Jacques dudit couvent, à côté de sa première femme, Tiphaine Raguenel, quand la reconnaissance royale réclama son corps pour les honneurs insignes de Saint-Denis, ne laissant à Dinan que son cœur magnanime.

Or, le P. le Texier cite ensuite trois autres familles « parmi les plus nobles du pays », dont la piété voulut abriter leur dernier sommeil sous les

---

1. *Revue historique de l'Ouest,* 1889, 1890.

voûtes des fils de saint Dominique : « Les seigneurs de Montauban, puis nés de la maison de Rohan », les d'Angoulvent, seigneurs de Coëtcouvran, et les du Breil, qui vont maintenant nous occuper.

Vertu de nos pères

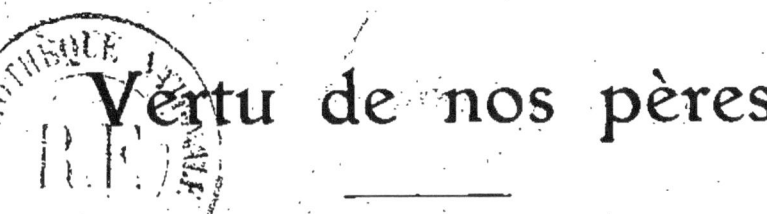

CHAPITRE PREMIER

Temps anciens

I. — JEAN du Breil, écuyer, puis chevalier, sous Olivier de Clisson, l'an 1383, marié, en 1360 à « damoiselle Gervaise le Borgne », fut, paraît-il, parmi les nôtres, le premier qui commença la série de libéralités et de fondations, continuées après lui par ses descendants. « Il fit, en effet, dit André du Chesne, beaucoup de biens au couvent des Frères Prescheurs de Dinan, en l'esglise desquels il fut enterré, avec son épouse », cela, vraisemblablement, dans les dernières années du XIVe siècle.

« Le P. le Texier, nous dit l'auteur des *Souvenirs dominicains dans l'évêché de Saint-Brieuc*, ne pouvait ignorer le fameux débat entre les deux familles du Breil et de Coëtquen,

I

rapporté par du Paz, au sujet des deux tombes de Roland du Breil et d'Olive Chastel, sa femme, qui vivaient en 1380. Ces tombes à plate-forme, placées au chœur des Jacobins de Dinan, portaient leurs armes, ainsi que les verrières du bas du chœur, au costé de l'épître. Le sire de Coëtquen, qui prétendait, comme fondateur, au droit exclusif de sépulture, fit « rompre » par ses gens les deux tombes et une « fausse chasse qui était dessus ». Mais les Dominicains qui avaient accordé ce droit à la famille du Breil, en considération de ses bienfaits, intervinrent, et le sire de Coëtquen, par un accord passé en la maison de noble homme Roland du Breil, sieur de Rais, le 2 mars 1469, finit par consentir aux tombes et armoiries, ses prérogatives de fondateur restant sauves. »

Il ne sera pas hors de propos de rapporter un extrait de cet accord qui terminait ainsi un fort long différend :

« ...Comme débat et procès se serait meu et suivy, tant au Conseil du Duc qu'autres lieux... touchant le droit de sépulture et enterrage dudit deffunct Rolland du Breil, duquel M. Olivier du Breil est fils aisné, héritier principal et noble, lequel a dit avoir fait

les frais des enquestes et procès-verbaux,
tant à l'encontre dudit sire de Coesquen, que
contre autres gentilshommes parents dudit
sire et de ses serviteurs domestiques, lesquels
s'estoient advancés de rompre deux tombes
et une fausse chasse et escussons, jaçoit que
ledit sire de Coesquen ne le deust faire, bien
qu'il fust fondeur et bienfaiteur de l'église et
couvent des Frères Prescheurs de cette ville,
lesdits Rolland du Breil et Olive Chastel, sa
femme, ayant donné plusieurs biens, et, entre
autres, une chasuble, deux daumoires, le tout
de velours noir ; considérans iceux bienfaits
et ceux de deffuncts Jechan du Breil et Gervaise le Borgne, père et mère dudit Roland, les
prieurs et Frères Prescheurs dudit couvent
auraient consenty la sépulture audit deffunct,
de son vivant, et mettre deux tombes ar-
moiées de ses armes, et, à vis, en une vitre,
escussons armoyez de sesdites armes. Et
d'icelles choses et maltalens passez, se fussent
ensuivies plusieurs malveillances ; à toutes
lesquelles mettre fin, ledit sire de Coesquen
et ledit M. Olivier du Breil, Rolland du Breil
et autres se sont représentez à ung cognois-
sans avoir transigé, composé et appointé sur
ce faict. C'est à sçavoir, ledit sire de Coesquen
consent que ledit Olivier du Breil fasse re-

mettre les deux tombes dans le chœur, près
l'entrée d'iceluy, et, à vis, du costé du cloistre,
en pareil, escussons de ses armes et alliances,
en la vitre, en tel nombre que luy sem-
blera ; et a ledit sire de Coesquen quitté et
relaissé, tant pour luy que pour ses hoirs et
héritiers, à jamais, une mine de froment de
rente qui faict huict boisseaux, mesure de
Chasteauneuf, qui estoit due audit sire sur une
disme en la paroisse de Pludihen appartenant
audit deffunct Roland du Breil, de laquelle
jouissait Olive Chastel ; n'empeschans et dé-
clarans ne se vouloir opposer pour l'advenir
lesdits dénommez, que ledit sire de Coesquen
soit et demeure fondeur d'icelle église... Ce
fut fait en la maison de noble homme Roland
du Breil, seigneur de Rais, présens lesdits
dénommez, le 2e jour de mars de l'an 1469.
Ainsi signé : G. DE MARGARO, J. L'ABBÉ. »

II. — ROLAND du Breil, Ier du nom, était le
deuxième fils de Jean qui précède et de Gervaise le Borgne, mais son frère aîné Briand ou
Bertrand étant décédé sans enfants, il lui succéda ainsi qu'à ses père et mère, celle-ci après
qu'elle eût survécu fort longtemps à son mari,

et fait démission de tous ses biens, y compris ceux dont elle jouissait à titre de douaire, « ès paroisses de Plélan, Plédélia, Plebaleu, Lansieul, Corseul, Bourseul et autres. »

Il est probable que Roland n'avait pas encore recueilli ces diverses successions, quand il épousa, sur la fin du XIVᵉ siècle — « devant l'an 1400 », marque André du Chesne, « avant l'an 1399 », au dire de du Paz [1], — damoiselle Olive Chastel ou du Chastel, de la maison de la Rouvraye.

« Lesdits Roland du Breil et Olive Chastel, comme l'a écrit le même du Paz, firent aussi, durant leur vie, de grands biens aux religieux des Frères Prescheurs de Dinan, en recoignaissance desquels ils leur accordèrent d'estre inhumez au cœur de leur église, au lieu où lesdits Jean du Breil et Gervaise le Borgne, père et mère dudit Roland, avoient esté enterrez, d'y avoir deux tombes à plate forme et escussons en la vitre au bas du chœur, du costé de l'espitre, à vis lesdites tombes qui s'y voient encore » ; ce qui est aussi rapporté à peu près dans les mêmes termes par André du Chesne.

1. Ce qui doit s'entendre à la lettre : entre le 31 décembre 1399 et le jour de Pâques suivant, à partir duquel, seulement, on commençait à compter l'année 1400.

Il y a lieu de nous arrêter séparément aux
enfants que laissaient Roland du Breil et Olive
du Chastel, ci-dessus, enfants qui furent au-
teurs des différentes branches dans lesquelles
s'est perpétuée leur famille, et très dignes,
pour eux-mêmes, de souvenirs particuliers :

III. — OLIVIER du Breil, seigneur du Chalon-
ge-Tréveron, de Gouillon et autres lieux, fut un
des hommes les plus éminents de son époque,
sénéchal de Dinan, puis de Rennes et juge
universel de la Province, ambassadeur pour
le Duc près des principales cours de l'Europe,
« lesquelles dignitez, dit André du Chesne, il
administra avec tant de prudence qu'il en remporta le glorieux éloge de *grand homme de bien.* »

Personne n'ignore le rôle de haute probité
qu'il tint dans le déplorable procès du malheureux prince Gilles de Bretagne, suivant que nous
l'a retracé l'historien d'Argentré :
Sollicité par le duc François II de servir la
haine que celui-ci nourrissait contre son frère,
rien ne put le faire dévier de la ligne du devoir
et de l'humanité. — Sans braver inutilement
son souverain, il ne lui concéda jamais que ce

que lui commandaient strictement les obligations de sa charge de procureur général, gar-
dant toujours dans sa résistance une mesure et
une prudence moyennant lesquelles il lui fut
donné de servir par de sages conseils, la clé-
mence et la pitié, cela, jusqu'au point d'encourir
une demi-disgrâce, selon que nous en avons
retrouvé la trace dans notre précédente étude
sur la carrière de cet intègre personnage.

Non moins inaccessible se montra-t-il à
d'autres suggestions qui lui vinrent de certains
familiers du Duc, ses amis personnels, comme
le chambellan Jean Hingant, qu'il fit rougir de
ses coupables complaisances à suivre les volontés de son maître, et détermina à s'éloigner de
la Cour plutôt que de tremper dans les trames
qui s'y préparaient.

On connaît le portrait qu'a tracé de lui le
vicomte Walsh, dans un ouvrage qui n'est
peut-être pas exempt de quelque fantaisie, mais
portrait, cependant, que ne désavoue pas l'Histoire :

« Les conseils d'Olivier du Breil avaient toujours un grand poids, car c'était un de ces
hommes probes, fermes et vertueux, que la
terre aime autant que le Ciel ; un de ces hommes selon le cœur de Dieu et selon le cœur
des princes qui veulent le règne de la Justice.

Magistrat sans faiblesse et sans reproche, il était sévère contre le crime, compatissant pour le malheur. A son tribunal, il ne craignait que le Juge des juges ; tous les rois du monde n'auraient pu le détourner de son devoir [1] ».

On ne peut douter qu'Olivier du Breil ait continué, vis-à-vis du couvent des Frères Prêcheurs de Dinan, le rôle pieux et bienfaisant de ses prédécesseurs, et nous en avons déjà vu la preuve dans le procès que sa famille eut à soutenir avec les sires de Coëtquen, procès où il intervient en première ligne pour défendre les droits acquis par les libéralités de plusieurs générations.

Des grandes affaires qu'il eut à gérer dans sa vie d'homme d'Etat, et des nombreuses missions dont il eut, pour son pays, la charge incessante, retenons seulement « l'ambassade célèbre », comme l'appelle dom Taillandier, pour laquelle il fut député en Cour de Rome, avec Vincent de Kerléau, abbé de Bégard, afin de réclamer spécialement contre la nomination à l'abbaye de Saint-Sauveur de Redon, d'Arthur de Montauban, principal promoteur

1. *Le Fratricide*, ou *Gilles de Bretagne*.

du meurtre du prince Gillès, en quoi les ambassadeurs obtinrent un plein succès, en même temps que le pape Pie II léur donnait une marque singulière de faveur et de sympathie en leur demandant de ténir sur les fonts du baptême un sien petit-neveu nouveau né.

On sait qu'Olivier du Breil était mort avant le 19 novembre 1479, et que sa veuve, Guillemette l'Enfant, dame de la Tandourie, dont la famille eut de grandes charges à la Cour de nos ducs, lui survécut au moins jusqu'en 1496.

IV. — ROLAND du Breil, IIe du nom, seigneur de Rays et des Hommeaux, frère d'Olivier ci-dessus, et second fils de Roland Ier et d'Olive du Chastel, « parut, dit André du Chesne, entre les plus célèbres personnages de son temps, et par ses vertus mérita de grandes et éminentes charges, car il fut sénéchal de Rennes et juge universel de Bretaigne, et avait une compagnie de gens de pied entretenue, pour le service du Duc, en la ville de Dinan, l'an 1488. »

Sans relater plus amplement la suite de sa carrière, qui paraît avoir été également distinguée au point de vue civil et au point de vue militaire, comme le remarque le même André du Chesne, quand il dit que « le roy Charles VIII..., voulant reconnaistre les bons services qu'il avoit reçus de luy *dans les guerres du pays.....* luy donna aussi l'office de président au parlement de Bourdeaux[1] par lettres du 13e jour de septembre 1489 »; nous noterons seulement qu'il revint en Bretagne comme président du parlement, dit *Grands Jours*, et qu'enfin, « estant chargé d'honneurs et d'années », suivant l'expression de du Chesne, il fit son testament le 2 mai 1501, testament que résume ainsi du Paz : « Il choisit sa sépulture dans l'église des Frères Prescheurs de Dinan, devant l'autel de Notre-Dame du Miracle, ordonne mille messes estre célébrées pour le repos de son âme et de ses parens et amis trespassez, fonde et dote trois messes par chaque semaine audit autel, veut et entend que ses deffunctes femmes, desquelles il nomme Philippotte de Québriac et Guillemette de Champeigné et Jeanne Gouyon sa femme lors vivante, y soient participantes, lègue cinquante livres pour estre distribuées aux pauvres le jour de son enterrement, et cinquante escus auxdits religieux pour avoir

---

1. Et aussi de Toulouse.

une tombe armoyée de ses armes, et épitaphe des jour et an de son déceds [1], fait mention de Charles du Breil, son fils, de Guillaume du Breil, son autre fils, et de Claire du Breil, sa fille ».

« Il avait, fait dit le même du Paz, une fondation, donné nombre de rentes, et fait embruncher la nef, le chœur et le vieil cloistre de ladite église et couvent, en témoignage de quoy l'escusson des armes dudit défunct, qui est *d'azur au lion d'argent*, est encore en haut dudit embrunct. »

Voici ce qu'ajoute le P. le Texier : « Messire Roland du Breïl *(sic)*, d'une famille ancienne et illustre, donna aux Frères Prescheurs de Dinan tant de marques de son affection qu'on ne peut sans injustice et sans ingratitude, manquer de le mettre au nombre de leurs bienfaiteurs. Il fut premièrement sénéchal de Dinan, et ensuite de Rennes. Enfin, il fut fait président du parlement de Bretagne par le roy Charles huitième qui l'érigea pour lors, comme il paraît par ses lettres patentes dattées du 27e novembre 1495. Il est vray qu'il ne se tenoit alors que depuis le premier de septembre jusqu'au quinzième d'oc-

1. Fait encore divers autres legs pieux et charitables.

tobre, il n'y avait que deux présidents et dix-
huit conseillers. Mais il fut réduit dans la forme
où il est, en l'année 1553.

« Ledit seigneur du Breïl *(sic)* reçut ordre du
Roy de donner main forte, s'il en étoit besoin,
à frère Guillaume Noël (ou Nédellec) et Tris-
tan Dolo, docteurs, et à frère Jean Cellier, bache-
lier en théologie, pour la réformation des
religieux de Dinan, et les obliger à vivre sous
la dépendance et juridiction du vicaire général
de la congrégation de Hollande, conformément
aux lettres patentes d'Olivier, cardinal de Naples,
protecteur de l'ordre de Saint-Dominique, et
qui en avait été requis par le Roy et la Reine
Anne, auparavant duchesse de Bretagne. Les
titres en sont en parchemin, dattés de Rome le
8e février 1496, et signés O. CARDINALIS NEAPO-
LITANUS, *manu propriâ*, avec un sceau pendant
imprimé en cire rouge..... »

Cette mention nous fait voir que les conti-
nuateurs des premiers bienfaiteurs, que nous
avons nommés précédemment, n'étaient pas
moins zélés au spirituel qu'au temporel, pour
ce qui regardait l'ordre de Saint-Dominique ; il
s'agissait, en effet, de ramener la ferveur des
premières observances, suivant les exhortations
de saint Vincent Ferrier et de son émule, d'un
renom de sainteté presque égal, le dominicain

Victor-Hervé Nédellec, et la réforme avait commencé à s'accomplir principalement dans la province de Hollande, d'où elle se répandait successivement dans le reste de la Chrétienté.

Ce fut ce mouvement réformateur auquel on voit que participa Roland du Breil, en y consacrant son influence et l'autorité qu'il tenait de ses hautes fonctions et dignités.

Il touchait alors à la fin de sa longue carrière, sans que, paraît-il, son activité eût cédé au nombre des années.

Son décès doit être fixé vraisemblablement au 2 avril 1502. C'est la date que fournit un aveu rendu au Roi par son fils aîné, en la chambre des Comptes de Nantes ; cependant du Paz dit : « Le 2ᵉ jour de may, après Pasques » ; mais il n'y a peut-être là qu'une légère confusion entre le décès et le testament (que nous avons bien vu être du 2 mai, mais de l'année précédente (1501, et non 1502), sans qu'il nous semble y avoir à relever une autre erreur ou *lapsus*, qui fait dire au P. le Texier : « Ledit seigneur, par son testament datté du 2ᵉ jour de may 1505) »[1].

1. L'original, à première vue, pouvait bien permettre, en

Le P. le Texier après avoir relaté les dispositions testamentaires de Roland du Breil y ajoute :

« Demoiselle Jeanne Gouyon, dame de Vauclérac, sa cinquième femme, ajouta à la fondation de son mari, la somme de cinq livres monnaie de rente annuelle.

« Les seigneurs du Breïl (*sic*) Pontbriand, qui font la seconde branche de cette maison, y ont encore ajouté de nouveaux bienfaits, et leur enfeu prohibitif est dans la chapelle autrefois appelée de Saint-Thomas et maintenant du Rosaire, du costé du grand autel. Leurs armes portent : *D'azur à un lion d'argent.* »

V. — CHARLES du Breil, seigneur de Plumagat ou de Plumaugat et du Pin, frère des précédents Olivier et Roland, et comme eux fils de Roland Ier et d'Olive du Chastel, était procureur du duc de Bretagne à Dinan, et fut employé comme commissaire aux réformations

---

effet, au lieu de « quinze cens *ung* », de lire : quinze cens *cinq*. La copie même, que nous devons à l'obligeance de M. le comte de Palys, inviterait presque à cette confusion. La simple lettre *u* y affectant une figure très voisine de celle des deux lettres consécutives *ci*.

de la noblesse en 1481 et 1485. Il souscrivit la capitulation de Dinan, le 9 août 1488, et le 12 juin 1489, traita au nom des habitants de la ville, avec Jean vicomte de Rohan, pour le rétablissement de l'église Saint-Malo, ruinée pendant les guerres civiles, et qu'il s'agissait de reconstruire à l'intérieur des murs de la cité, en dehors desquels elle se trouvait située primitivement ; à l'occasion de quoi il lui fut accordé, conjointement avec Ethaisse de Champagné, son épouse, deux tombes dans le chœur de la nouvelle église, « en la place la plus honorable après le vicomte de Rohan », concession revêtue du consentement de l'évêque de Saint-Malo, le 24 juin 1492.

C'est dans cet enfeu encore existant, qu'après des libéralités nouvelles, succédant à celles que nous avons enregistrées pour l'église des Frères Prêcheurs, furent inhumés Charles du Breil et Ethaisse de Champagné, le premier le 2 septembre 1497, et la seconde, le 6 mars 1501.

CHAPITRE II

XVIe et XVIIe siècles

VI. — FRANÇOIS du Breil, baron des Hommeaux et du Plessis-Séneschal [1], seigneur du Breil, de Lergay, châtelain de Hédé, etc., dit le capitaine *Breil* ou mieux *Breil de Bretagne*, était l'aîné des fils de Guillaume, seigneur du Breil-en-Meillac [2], et de Philippe ou Philippine de Mué, et son père était lui-même le quatrième fils de Roland, le président des *Grands-Jours*, et de Jeanne de Férigat des Hommeaux.

Il paraît être né, — probablement au château du Breil, — entre les années 1510 et 1515. « Ce fut, dit du Paz, un des plus hardys, valeureux et expérimentés chefs de guerre de son temps »,

---

1. Les lettres patentes royales pour l'érection de ces deux baronnies séparées sont du mois d'août 1573.

2. Appelé aussi le Breil-Boutier, pour avoir été possédé momentanément par les Boutier de Château d'Acy.

à quoi le même auteur ajoute encore ailleurs qu' « au reste, il tenoit un grand estat en sa maison, ayant gentilshommes servants et officiers, comme appartient à grand seigneur célèbre et relevé, comme de faict il l'estoit ».

On connaît assez, pensons-nous, cette grande et noble figure, type du loyal et rude soldat de son époque, tel que l'a mis particulièrement en lumière le regretté comte de Palys [1]. Nous-même avons peu de chose à ajouter à ce que nous en avons dit en diverses rencontres.

C'est en qualité de capitaine de gens de pied qu'on le trouve, à ses débuts, combattant, sous les ordres de Montluc, à Cérisoles (17 septembre 1544) et en quelques autres occasions, au cours des guerres d'Italie [2].

De 1547 à 1551, il est employé principalement, de concert avec ses deux frères, à une série d'expéditions contre les îles normandes de la Manche, attaque successivement Jersey et Guernesey, et occupe Sercq d'une manière permanente.

---

1. *Le capitaine Breil de Bretagne*, baron des Hommeaux, par le COMTE DE PALYS. Rennes, Plihon et Hervé, 1887.
2. MONTLUC, *Commentaires* (1760), t. I, pp. 172, etc.

Rentré sur le continent, il est au camp devant Metz, en 1552, et prend part à la glorieuse défense de cette place par le duc de Guyse; mais, à la fin de la même année, il est une première fois fait prisonnier par les Espagnols, aux mains desquels il se trouve, le 27 novembre, attendant qu'on le mette à rançon. Au mois de juin 1553, il ravitaille heureusement et brillamment Thérouanne, défendue successivement par le brave d'Essé-Montalembert et François de Montmorency, fils du connétable, mais il subit une courte captivité à la chute de cette ville, et, la même année, le 3 septembre, il est blessé dans une reconnaissance dirigée sur la ville de Bapaume, d'une arquebusade à la cuisse, dont il demeura boiteux toute sa vie; puis, l'année suivante, il prend part au siège de l'importante place de Mariembourg qui tombe au pouvoir de nos armes et dont le Roi lui confère le gouvernement le 6 juillet.

Au mois de janvier 1556, il passe à celui d'Abbeville, pour être investi de la même charge à Saint-Quentin, au moment du siège de 1557, lors de la défense mémorable qui sauva la France, non sans entraîner une nouvelle captivité de deux années pour le malheureux gouverneur, captivité à laquelle s'associa son héroïque femme, Jeanne de Tréal, ainsi

qu'à une audacieuse tentative d'évasion, orga-
nisée surtout par elle [1].

Mais bientôt, à la guerre étrangère succèdent
les malheureuses guerres de Religion, dont la
Normandie fut un des principaux théâtres. Or,
du Breil était depuis plusieurs années titulaire,
dans cette province, du gouvernement de Granville, dont il fut appelé alors par Jacques de
Matignon, son parent, à prendre le commandement effectif.

C'est à ce moment, principalement, qu'on
voit par ses nombreuses lettres à Matignon [2],
éclater son zèle et son inébranlable fidélité à la
religion catholique. Il n'hésite même pas à
témoigner à son illustre correspondant qu'il le
trouve plutôt faible vis-à-vis des Huguenots,
craignant qu'il ne se laisse prendre au double jeu
de son supérieur hiérarchique, le duc de Bouillon [3]. Pour lui, il commence par déclarer qu'il
ne veut pas être la dupe de ce tortueux politique,
aussi refuse-t-il absolument de laisser les prédi-

1. Mémoires de Jean de Mergey.
2. 29 lettres du 22 mai 1561 au 16 avril (1565, sinon année
postérieure).
3. Henri-Robert de la Marck, duc de Bouillon, gouverneur
de Normandie, dont la fille unique épousa Henri de la Tour
d'Auvergne.

cants de la Réforme se livrer à leur propagande dans l'étendue de sa juridiction [1]. Ce n'était point là pour lui concilier les bonnes grâces des novateurs. Aussi le voit-on écrire à Matignon le 14 août 1562 : « Vous entendrez comme tous ceulx de nostre bonne religion m'en veullent, ainsy que, tous les jours, j'en suis adverty, et par ceulx de leur trouppe mesmes ». — Il ne craint pas, à l'occasion, de parler assez rudement sur ce chapitre, comme sur celui de la guerre. Ainsi, le 13 mars 1562 (1563, n. s.) : « Monsieur, je ne vous serois (saurais) que dire autre chose que toute la noblesse et le peuple crient sur vous... Si vous ne donnez ordre en ce pays de deça, je m'asseure que tout ira mal.....». et le 21 juillet suivant (1563) : « Monsieur, je suis émerveillé comme vous ne pourvoyez de garnir ceste place d'hommes mieulx qu'elle n'est, attendu la guerre qu'avez aux Anglois....

1. « ... Je scay bien qu'il (le duc de Bouillon) me menace ung peu.... Il ne seroit (saurait) que dire que je n'ay voullu faire prescher en ceste ville; selon qui (qu'il) m'escriptvit de Cans (Caen), du XXe du moy dernier, et que j'eusse à faire vivre tous les habitans selon l'édit de janvier. Je luy mandé (mandai) par Londel, en vostre présence, que je n'en ferois rien, et que je n'estois point envoyé à Granville pour ceste affaire. » — Lettre à Matignon du 9 décembre 1562, dans laquelle il est encore question des dispositions du duc de Bouillon à son égard, lesquelles lui paraissent médiocrement à son avantage.

si viennent en ceste place (les Anglais) ils en auront bon compte, estant garnye comme elle l'est, car il n'y a ne vivres ne gens. *Je croy que j'auré aussi beau crier à ceste heure comme les autres fois......* Il n'estoit pas accoustumé quand la guerre estoit aux Anglois qu'il n'y eust toujours quatre ou cinq cens hommes en ceste ville garnye de vivres... » Il s'exaspère particulièrement de la négligence apportée au paiement des troupes, faisant observer que rien n'est plus préjudiciable à l'intérêt du recrutement ; mais son honnêteté est, avant tout, révoltée du tort fait aux malheureux soldats, et ses réclamations à cet égard sont incessantes ; ainsi, écrit-il à Matignon, le 26 avril (sans date autrement exprimée, mais probablement 1566) : « Monsieur, les pauvres mortes payés m'ont prié vous supplier qu'ils soient payés de la monstre qu'ils ont fait, il y a deux moys. Les pauvres hommes, à jamais prieront pour votre prospérité. Je vous prometz, ma foy, que la plus part meurt de faim. »

Il ne tenait pas à lui, cependant, qu'il en allât autrement, même au prix de sacrifices personnels, comme on le voit par cette lettre du 23 mai 1563 : « Monsieur, écrit-il à cette date, je vous assure que depuis que je suys dans Grandville, qu'il n'a jamais esté de quinze jours en quinze jours, que n'aye baillé argent aux soldats, qui est bien cause de ma grande ruyne; vous le pourrez entendre quand viendrez audit Grandville. »

On peut croire qu'à ce métier, il ne s'enrichissait pas, mais marchait rapidement *vers sa grande ruyne*, contrairement à tant d'autres qui avaient devancé les habitudes de l'heure actuelle pour rendre leur carrière profitable pour eux-mêmes. Il ne se lassait pas, cependant, de procéder avec le même désintéressement pour l'honneur de la France et du Roi. Aussi, à la suite de multiples réclamations, le compte d'avances qu'il présentait le 6 novembre 1569, s'élevait-il à la somme de 60.000 livres, dont il est bien douteux qu'il ait jamais été remboursé intégralement.

Un autre bénéfice des guerres de cette époque fut pour le capitaine Breil le ravage de ses propriétés, suivant « une enquête, faite à la requête de messire François du Breil, gentilhomme ordinaire de la Chambre du Roy, gouverneur de Granville, touchant la perte et ravage des titres et enseignements des Hommeaux, en date du 4e mars 1563 [1], » pillage et déprédations que M. de Palys, suivant communication

---

1. *Preuves pour la réformation de 1660.*

qu'il nous a faite, n'hésite pas à attribuer à des représailles exercées par les Huguenots, les Hommeaux étant sur la limite extrême des pays ravagés par la guerre civile.

Nous ne ferons plus que relever ici la présence de François du Breil aux batailles de Dreux et de Saint-Denis, à celle de Moncontour et au siège de Saint-Jean-d'Angély, pour ne parler que des principales actions militaires de sa carrière. Terminons seulement par la qualité de capitaine de cinquante hommes d'armes des ordonnances du Roi, qu'il porte à partir au plus tard de 1568, et que lui confirment de nombreuses montres de gens d'armes de cette année et des suivantes, qualité qui le mettait tout à fait hors de pair, et dont on peut apprécier la valeur d'après le savant ouvrage de M. Fleury-Vindry : *Dictionnaire de l'Etat Major français au XVe siècle* [1]. Les titulaires de ces commandements ne se trouvent guère, en effet, que parmi les princes ou très grands seigneurs, et ils laissent loin derrière eux les chefs de compagnies légères (capitaines de cinquante arquebusiers à cheval) [2].

1. Paris, Cabinet de l'historiographe, 93, rue Nollet.
2. On a quelquefois qualifié capitaines de 50 hommes d'armes des officiers qui, en réalité, en étaient seulement lieutenants,

Précédemment, il avait été nommé gentil-homme ordinaire de la chambre du Roi (mai 1563) et chevalier de son ordre ou autrement de Saint-Michel [1] (lettres royales du 18 juin 1568). — Sans parler de la double érection en baronie qu'il avait obtenue de ses terres des Hommeaux et du Plessis-Sénéchal, au mois d'août 1575.

On sait que François du Breil eut le chagrin de rester longtemps sans enfants. Ce fut seulement sur ses vieux jours que lui naquit un fils (20 juillet 1578), de son troisième mariage avec Isabeau de Porcon, descendante du célèbre compagnon d'armes de du Guesclin, Olivier de Porcon, mais sa postérité s'éteignit à la troisième génération, et lui-même était descendu au tombeau avant le mois de mai 1583, époque à laquelle sa veuve renonçait à la communauté [2].

enseignes ou même guidons, mais qui, en cette qualité, ont momentanément remplacé, dans quelques montres les véritables chefs de compagnies.

1. Sans insister spécialement sur le caractère religieux de l'ordre de Saint-Michel, caractère indéniable cependant, surtout dans la période antérieure à 1665, il convient de rappeler que *douze*, au moins de nos ancêtres furent indubitablement affiliés à cet ordre de chevalerie, sans compter quelques-uns pour lesquels subsistent certains doutes, chiffre qui n'a probablement pas été atteint dans aucune autre famille.

2. Archives de Saint-Brieuc.

VII. — JULIEN du Breil, seigneur de Pontbriand, du Pin, de la Mettrie, Launay-Quinart,
la Marre-Jouan, etc., gouverneur de Redon
(avant 1551), capitaine de Dinan (en 1562),
commissaire des guerres, chevalier de l'ordre du
Roi (en 1570), époux de dame Marie Ferré de
la Garaye, par contrat du 20 mars 1551[1], continua, de concert avec celle-ci, les libéralités de
ses ancêtres au couvent des Frères Prêcheurs
de Dinan, telles que nous les avons déjà vues
rappelées par le P. le Texier.

Le P. du Paz, cité par le P. Chapotin, nous
apprend aussi qu'ils « fondèrent et dotèrent
une messe à note, en haute voix, a estre
chantée par les religieux du couvent des Frères
Prêcheurs à Dinan, chaque samedy de l'année,
et à la fin d'icelle un respons de vigiles des
morts, et entre les deux élévations du corps de
Nostre-Seigneur, le verset *Pie Jesu*, pour le
remède des âmes de luy et de sadite compagne,
de deffuncte noble et puissante dame Perron-
nelle de Guémadeuc, aisnée de Guémadeuc,
qui fut femme et compagne de noble et puis-
sant messire Bertrand Ferré, vivants sieur et
dame de la Garaye, en la chapelle de Saint-

---

1. Devenu veuf en 1580, il prit une seconde alliance avec
Julienne de la Villéon, veuve de Christophe des Nos.

Thomas. Lesquelles fondations, ajoute-t-il, lesdits religieux consentirent et accordèrent d'autant plus volontiers, qu'ils recognurent que les prédécesseurs dudit messire Julien du Breil avaient de tous temps fait autres fondations, biens et aumônes audit couvent, entre autres, feu messire Roland du Breil, qui avait fait embruncher la nef et le chœur et le vieil cloistre, en tesmoignage de quoy l'escusson des armes dudit deffunct est encore en haut dudit embrunct » [1].

Après avoir toujours efficacement protégé la ville et le pays de Dinan contre les tentatives de rébellion protestante, il décéda au château de Pontbriand le jeudi 5 mars 1587, et fut inhumé le lendemain en l'église de Pleurtuit, d'où il semble que son corps ait été transféré dans l'enfeu des Jacobins de Dinan : Nous avons déjà remarqué ailleurs que les registres de Pleurtuit le disent mort à 95 ans, ce qui nous semble invraisemblable à tous égards et ce que

1. Cet acte est donné par certains comme du 27 septembre 1554, par d'autres comme de 1574 (même date quant au mois), ce qui tient sans doute à ce que les chiffres 5 et 7 peuvent se prendre, assez aisément, l'un pour l'autre en écriture cursive ; mais, ce qui est pour nous déterminant, c'est que Julien du Breil, dans la copie donnée par la Réformation, y porte la qualité de chevalier de l'ordre du Roi, qualité qu'il n'obtint qu'en 1570.

nous croyons devoir traduire par le chiffre 75
(au lieu de 95).

VIII. — JEAN du Breil, seigneur châtelain de
Pontbriand, fils aîné de Julien, qui précède,
comme lui, chevalier de l'Ordre, maréchal de
camp des armées du Roi. C'est lui qui soutint
dans son château de Pontbriand, le siège
célèbre de 1590, contre les troupes du duc de
Mercœur, et ne cessa ensuite de tenir le parti
du Roi jusqu'à la prise de Dinan, bien que
restant toujours fidèlement attaché à la religion catholique.

Il épousa, par contrat du 7 février 1574,
demoiselle Claude de Bruslon [1], fille du président Pierre de Bruslon, un des plus éminents
personnages de son temps. Il faut redire de
celui-ci ce qu'en écrivait l'annaliste Jean Pichart
à propos de sa mort et de ses funérailles :
« C'est une grande perte pour le pays », et
encore : « Le 24ᵉ du mois de février (1594), le
corps de deffunct messire Pierre Bruslon... fut
amené et conduit du chasteau de la Musse en

1. Devenu veuf avant 1588, Jean du Breil épousa en secondes
noces, en 1598, Julienne de Launay, de Launay-Comats, veuve de
Pierre du Quélenec de Bienassis et de Jacques Gouyon de Launay-
Comats, celui-ci auteur, par elle, des Gouyon de Launay-Comats.

cette ville, avec tous les honneurs que pouvoit
mériter un tel personnage, et le lendemain fut
inhumé en la chapelle de Saint-Thomas, avec
grandes pompes funèbres, où assistaient Messieurs de la cour de Parlement... et grande
abondance de peuple, estant iceluy seigneur
beaucoup regretté comme bon patriote et qui
a fait de grands biens aux pauvres »[1].

Il faut encore rappeler ce que dit du Paz des
ascendants de la nouvelle dame de Pontbriand :
« Lesdits Brullons honorez tant pour leur
piété, fondation de chapelles, collèges et hôpitaux, que pour les grandes et belles charges
qu'ils ont eües et heureusement exercées pour
le service de leur prince. »

C'est dans le testament de Jean du Breil, daté
de l'an 1612 (peu de temps avant sa mort,
puisque ses obsèques eurent lieu à Pleurtuit
le 6 avril de cette année), que l'on trouve con-
signées les marques principales de sa piété et
de sa charité. — Il fonde notamment une messe
à célébrer chaque samedi de l'année, en l'église
de Saint-Briac, « dans la chapelle et à l'autel
de Notre-Dame du Miracle, vis-à-vis le tombeau dudit testateur, estant dans ladite église ;
une autre, le lundi de chaque semaine, en sa

---

1. D. Morice. Preuves, t. III, pp. 1738, 1739.

chapelle de l'église de Pleurtuit; et une troisième le vendredi, en sa chapelle de Saint-Lunaire » [1], ordonnant de plus la distribution
d'une mine de blé en pain, aux pauvres de la
paroisse de Pleurtuit, le jour de la Saint-Jean-
Baptiste, et une pareille libéralité aux pauvres
de Saint-Briac, le jour de la Sainte-Trinité.

Il mourut peu avant le 6 avril 1612, sa sépulture ayant eu lieu, ledit jour, dans l'église
de Pleurtuit.

IX. — RENÉ du Breil, premier comte de
Pontbriand, par érection du mois de décembre
1650, fils de Jean qui précède et de Claude de
Bruslon, chevalier de l'ordre du Roi, comme
son père et son aïeul, enseigne de la compagnie
d'hommes d'armes de César, duc de Vendôme,
gouverneur de Bretagne, eut particulièrement
à cœur, de concert avec son épouse Jacquemine
de Guémadeuc, de propager l'installation de la
confrérie du Saint-Rosaire, particulièrement
chère à saint Dominique, qu'ils établirent dans
la paroisse Saint-Sauveur de Dinan, le 30 janvier 1611, puis successivement dans celle de
Pleurtuit, le 10 juillet 1622, et dans celle de

1. *Pouillé hist. de l'archevêché de Rennes*, t. V., pp. 758, 759.

Saint-Briac, le 20 octobre 1629, avec fondation d'une messe par semaine à perpétuité, en l'église Saint-Sauveur, ce que le corps des paroissiens accorde aux constituants « en raison des obligations qu'ils ont à leurs ancêtres. » Quant à la fondation de Saint-Briac, ils tiennent à déclarer, dans l'acte, qu'elle est faite « sans toutefois prétendre autres droits et prérogatives qu'avant l'établissement de ladite confrérie, n'ayant en vue que la gloire de Dieu. »

C'est par contrat du 6 septembre 1608, que René de Pontbriand avait épousé Jacquemine de Guémadeuc, dont l'illustre ascendance remontait par les femmes, au roi saint Louis, et qui s'associa toujours aux actes pieux de son mari.

Dans la notice qui a été consacrée à leur fille aînée par une de ses sœurs en religion, on lit : « Son père s'appelait René du Breil, seigneur de Pontbriand, Madame sa mère était de la maison de Guémadeuc, tous deux des plus anciennes et illustres maisons de la Bretagne, mais beaucoup plus relevés par leur rare piété, qui les distinguait singulièrement dans le monde, que par le rang qu'ils y tenaient. Toute leur application fut d'élever leurs enfants dans les principes du christianisme, dans la crainte de Dieu, et de leur inspirer l'amour de la vertu. »

Mais, en l'année 1616, René fit une grave maladie, au cours de laquelle les deux époux crurent devoir faire un commun testament, en date du 16 août, testament par lequel « ils veulent être inhumés en l'église dudit lieu de Pleurtuit, dans la chapelle et enfeu de Pontbriand...., ordonnant *qu'on ne leur fit aucune pompe funèbre après leur décès, non plus qu'aux plus pauvres gentilshommes de la paroisse* » ; rappellent « le testament de messire Jean du Breil, seigneur de Pontbriand, père dudit testateur, » demandant qu'il soit fidèlement exécuté « au regard des legs et œuvres pieuses qu'il contenait », ajoutant la fondation d'une troisième messe, par semaine, dans l'église de Pleurtuit, aux deux autres déjà fondées par leurs prédécesseurs..., ce testament approuvé plus tard par divers parents, confirmé le 5 août 1617, et signé alors : « René du Breil, *depuis être guéri.* »

La vie de René du Breil se prolongea, cependant, jusqu'en 1664, mais, dès le 24 décembre 1661, appelé à rendre au Roi un aveu pour la seigneurie et château de Pontbriand, il ne pouvait « le signer, à cause de son grand âge, faiblesse et défaillance de vue », et le faisait signer, à sa place, par Robert Roster, son chapelain.

Quoiqu'il soit mort, paraît-il bien, au château de Pontbriand, on ne retrouve pas son acte de sépulture aux registres de Pleurtuit, lacune singulière qu'il convient de remarquer.

X. — MATHURINE du Breil de Pontbriand, en religion sœur *Marie-Angélique*, fille de René qui précède et de Jacquemine de Guémadeuc, eut une vie dont la sainteté atteignit au degré le plus éminent.

Elle naquit au Pontbriand, le 2 novembre 1610, jour de la commémoration des morts, et fut élevée au couvent des Ursulines de Dinan, où, étant tombée dangereusement malade, elle voulut faire sa première communion revêtue de l'habit monastique, ce qu'on crut devoir accorder à sa jeune ferveur.

Les années qui suivirent sa sortie de ce monastère furent partagées entre la maison paternelle et celle de sa tante la marquise de Rosmadec-Molac. Sollicitée par diverses propositions de mariage, dont l'une, au moins, paraissait des plus avantageuses, elle les repoussa pour suivre l'attrait qui l'inclinait à la vie religieuse, craignant même d'obéir à des motifs trop humains dans le choix du monastère où

3

elle serait appelée à vivre. C'est ainsi qu'elle avait pensé à celui des Carmélites de Paris, où elle aurait retrouvé une tante qu'elle chérissait, la mère de Jésus-Maria, à qui elle s'était ouverte, l'une des premières, de sa vocation [1], mais finalement elle se décida pour celui de la Visitation, qui s'établissait alors à Dol, sans être rebutée par la pauvreté de cette maison, et la réputation de l'air malsain qu'on y respirait.

La vénérable mère Jeanne Chahu, première supérieure, la reçut « comme un don du Ciel, la regardant comme une ferme colonne et une pierre fondamentale pour soutenir leur édifice » ; ainsi s'exprime l'auteur [2] d'une notice qui nous a été communiquée par les dames Visitandines de Caen, sous ce titre : « *Abrégé des vertus de notre très honorée et très vertueuse mère Marie-Angélique du Breuil* (sic) *de Pontbrian* (sic), *décédée à Saint-Sauveur-le-Vicomte, et professe du monastère de Dol, dont la fondation a été*

1. Ce devait être une sœur de son père, quoiqu'elle ne nous soit pas autrement connue, car l'auteur de la biographie dont il s'agit dit que « sa mère en écrivit (de sa vocation), à la mère de Jésus-Maria, *sa belle-sœur*, carmélite au grand couvent de Paris. »

2. Auteur que l'on croit être sœur *Marie-Thérèse de Saint-Germain* qui fut la dernière assistante de la vertueuse mère Marie-Angélique. C'est à cette notice que sont empruntées les diverses citations qui vont suivre.

transférée à Caen, et troisième supérieure de cette maison, » laquelle supérieure, (ladite mère Chahu), « après la mort de cette grande religieuse, » rendait d'elle ce témoignage vis-à-vis de l'Institut : « Nous ne pouvions que bénir le Dieu tout-puissant, qui nous favorisait d'un sujet si digne, dont la vertu, la rare prudence, la solidité de son jugement dans une très jeune personne éclatait partout, » ajoutant encore : « Sa résolution prise, elle prit aussitôt notre saint habit, le jour de la conception de la Sainte-Vierge, l'an 1628 ; en même temps, son cœur et son esprit se revêtaient si parfaitement des vertus intérieures et de tout ce qui est de notre sainte vocation qu'elle paraissait déjà toute parfaite. L'on ne pouvait remarquer en elle le moindre défaut digne de repréhention. »

Elle n'avait encore reçu que le voile blanc, quand on la chargea d'instructions à faire aux postulantes, et qu'on lui confia la garde des clefs du monastère. L'évêque de Dol et les sœurs de la première fondation en parurent surpris, et quelques réflexions en furent faites à la Mère supérieure qui n'hésita pas à faire cette réponse : « Ma sœur Marie-Angélique est déjà plus capable que moi d'être supérieure. » Aussi, la première année de sa profession, n'ayant encore que vingt ans, elle fut appelée à remplir la charge de receveuse et celle de directrice, toutes les deux très délicates et d'une grande importance, puis successivement celle de dépensière et d'assistante.

Enfin quand elle eût atteint l'âge de trente ans, requis par les constitutions, la très honorée mère Madeleine-Elisabeth de Maupeou, supérieure en exercice, qui avait attendu ce moment avec impatience, n'hésita pas à la proposer pour lui succéder. « Elle fut élue unanimement, à la satisfaction de toute la communauté »; mais elle-même n'accepta ce fardeau qu'avec larmes, et par soumission à la volonté de Dieu, dont elle regarda cette élection comme une claire manifestation.

Peu de mois après, en quittant le monastère pour celui de Bayonne, où elle venait d'être élue, cette supérieure disait à ses sœurs : « Je m'en vais toute consolée de vous laisser entre les mains d'une si bonne mère. Je vous assure que j'ai vu quantité de supérieures dans le monde, d'ordres différents et de notre monastère de Paris, où plusieurs sont venues trouver notre digne mère de Chantal. Je n'en ai point vu qui égale la vôtre. *C'est une parfaite religieuse, une âme humble, obéissante, et une règle vivante,* qui n'a d'autres regards que Dieu et l'observation de la règle, entièrement morte au monde et à soi-même. »

Autre témoignage qui lui était encore rendu par l'éminente mère Marie-Germaine de Vilette, quittant la maison de Rouen, qu'elle avait gouvernée six ans : « Votre mère est un trésor de vertu et de religion ; c'est une âme que Dieu possède, la plus humble que j'aie jamais vue... Gardez-la bien le plus que vous pourrez : car si elle était connue dans l'Institut, vous ne l'auriez pas longtemps. Plût à Dieu que toutes nos maisons fussent aussi bien pourvues ! »

« C'était de l'Esprit-Saint, dit l'auteur de nos *Souvenirs*, que provenait le merveilleux pouvoir que ses paroles avaient d'échauffer les cœurs..... Le don qu'elle avait de discernement des esprits lui en faisait pénétrer le fond si clairement que l'on était souvent surpris de voir qu'elle connaissait les mouvements les plus cachés du cœur et les motifs que l'on avait eus, même dans les fautes purement intérieures. Plusieurs fois elle dit à quelques-unes : « Vous avez fait, ma sœur, tel et tel manque-« ment », quoiqu'il ne fût qu'intérieur et caché, et toujours remontré selon la vérité. Ce qui parut plus remarquable une fois, entre autres, à l'égard d'une petite sœur du petit habit, âgée de 13 ans, laquelle, ensuite de quelques passions ou tentations, commit une faute notable, seulement dans sa pensée,..... et, au quart d'heure d'après l'oraison du soir, cette mère éclairée l'envoya quérir, et, après lui avoir parlé convenablement à son besoin, lui demanda : « N'avez-vous pas commis aujour- « d'hui tel péché ? » lui en disant toutes les cir- constances. Cette jeune fille, surprise de voir sa faute découverte, fut contrainte de l'avouer. Elle l'en reprit, lui faisant voir l'offense à Dieu. Cette jeune enfant raconta (la chose) à sa maî- tresse, laquelle en parla à cette âme illuminée, lui disant qu'elle était bien en peine qui lui avait révélé sa faute, vu qu'elle l'avait tenue fort secrète. Elle répondit : « Personne ne me « l'a dit, mais Dieu me l'a fait connaître pour « le salut de son âme. » Il s'est encore bien passé des traits de cette nature.... Toutes les personnes qui l'ont fréquentée assurent avoir été délivrées de leurs peines, en approchant de sa personne, avant même de lui avoir parlé. »

« Sa charité était universelle et sans nulle exception de personnes....., et l'on peut dire qu'elle possédait toutes les conditions que le grand apôtre donne à cette éminente vertu. Elle était bénigne, patiente, souffrant tout, sup- portant tout et jugeant bien de tout... »

« Sa pureté est toute dépeinte dans l'excellente constitution de la chasteté, car elle ne vivait et ne respirait que pour son cher époux, en toute honnêteté de paroles, de maintien et d'actions, ainsi que le recommande cette sainte constitution. Sa conversation était toute angélique, parlant presque toujours de Dieu, faisant son possible pour jeter dans les âmes de saintes pensées et de saintes inspirations, à la façon des célestes esprits ; la sainteté du sien ne pouvait souffrir la moindre imperfection volontaire dans son cœur, contre la pureté de son amour, qui la faisait vivre dans une nudité des créatures, telle qu'elle nous a confessé qu'elle ne pouvait se résoudre de dire une parole de complaisance pour témoigner l'affection qu'elle avait aux personnes qui lui étaient chères, dans la crainte qu'elle avait de les aimer naturellement... Reconnaissant que quelques sœurs avaient de l'attache à sa personne, elle leur donna ces avis salutaires : « Il faut, mes chères « sœurs, nous souvenir que Dieu est jaloux de « notre cœur ; qu'il se déplaît à voir des affec- « tions vaines et frivoles, et que, l'ayant choisi « pour l'unique objet de notre dilection, il ne « veut point de cœur partagé, et *qu'à la facilité* « *d'aimer, est attachée la facilité de mal aimer.* »

En dehors de la communauté, on attribua à

ses prières ou à ses exhortations, nombre de conversions, soit d'hérétiques, soit de pécheurs endurcis, et de réconciliations durables entre ennemis les plus acharnés.

« Son oraison était une union affective avec Notre-Seigneur..... On la voyait toujours à genoux et dans la position d'un profond anéantissement.

« Un jour qu'elle était tout absorbée en son Dieu dans ce saint exercice, on lui porta les clefs du confessionnal. Comme elle ne les prenait pas, la sœur, la poussant un peu, lui dit : « Ma Mère, voilà les clefs, » et comme elle continuait à demeurer immobile, cette sœur la considéra pendant quelque temps, et la vit comme ravie. Enfin, elle lui mit les clefs dans mains ; elles tombèrent par terre, sans que le bruit la pût tirer de cette extase. Ne pouvait-on pas, dans ce moment, lui adresser ces paroles : *Fille de Jérusalem, n'éveillez pas ma bien-aimée jusqu'à ce qu'elle se réveille.*

« Une autre fois, dans sa chambre, étant dans ces célestes colloques, tenant son crucifix entre mains, pour y adorer les sacrées plaies de son Sauveur, une sœur qui voulait lui parler se mit proche d'elle et lui dit : « Ma Mère »... et

acheva tout son discours, sans que cette très
honorée mère fît le moindre mouvement. Elle
réitéra une seconde fois sa demande sans qu'elle
en pût tirer un mot de réponse. Elle se retira,
laissant cette chaste colombe *dans le trou de la
pierre et la masure des cicatrices du Seigneur.*

« On juge facilement..... du regret de ses
filles, lorsque le devoir à leur règle les obli-
geait d'en faire la déposition (comme prieure),
au bout de six ans de gouvernement, et l'ardeur incroyable qu'elles avaient de se revoir
sous une si digne conduite. »

L'auteur de notre notice n'a pas cru devoir
oublier les sentiments « d'un cœur filial et très
affectif » dont elle honorait ses parents, « aussi
« réciproquement, en était-elle très chérie ».
Elle s'appliqua singulièrement à les rapprocher
de son frère aîné que certains dissentiments
avaient, un moment, éloigné d'eux ; en quoi
elle réussit parfaitement, « et se rendît si maîtresse de leurs volontés qu'ils lui remirent de
part et d'autre, leurs communs intérêts entre
les mains. »

« M. de Pontbriand crut aussi ne pouvoir
mieux placer ses deux jeunes frères (à elle),
qu'à ses côtés. Il les envoya faire leurs études

au collège des R. P. Jésuites de cette ville (Caen
probablement), afin qu'elle eût un regard tout
particulier à leur conduite. Elle eut peine à s'en
charger, crainte que ce ne fût contraire au dé-
nuement parfait; mais M. son père et Mme sa
mère le souhaitaient si passionnément que ses
supérieurs, qui connaissaient la pureté de son
dévouement, lui ordonnèrent de les satisfaire.

« Elle se soumit et eut un soin tout particulier
de leur chercher des gouverneurs capables de
leur inspirer la crainte de Dieu, la piété, et de
veiller sur leur conduite, les reprenant fortement, mais si suavement de leurs défauts qu'ils
la respectaient, l'aimaient et la craignaient
comme leur propre mère... »

Ils (ses parents) voulurent lui confier encore
« l'éducation d'une de Mesdemoiselles ses
sœurs, qui prit le petit habit chez nous. Elle
était fort avantagée de corps et d'esprit, et s'atti-
rait les cœurs de tout le monde. Ses intentions
paraissaient tourner du côté de la Religion, ce
qui devait donner à cette très honorée mère
un surcroît de satisfaction..... Dieu permit que
cette aimable demoiselle tombât dans de grandes
infirmités qui causèrent sa sortie [1]... »

1. On ne peut dire certainement quelle était cette jeune et
charmante sœur, entre les trois cadettes de Mathurine, nées de

Enfin, au commencement de l'année 1655, comme « cette grande servante de Dieu », « cette parfaite et incomparable religieuse », ainsi que notre auteur ne se lasse pas de la nommer, était, pour la troisième fois, au terme de l'exercice de sa charge de prieure, elle eut mission d'aller faire à Saint-Sauveur-le-Vicomte, une nouvelle fondation de son ordre ; œuvre qu'elle accomplit avec son zèle accoutumé, « donnant, dans tout le pays, une si haute idée de sa vertu et piété que tous l'ont encore dans une vénération singulière » ; mais, au bout de peu de mois, Dieu voulut couronner ses mérites. Elle tomba malade le jour de la Sainte-Trinité, et après de cruelles souffrances, supportées avec la plus admirable patience, elle mourut en prédestinée, le 14 juin 1655. Son cœur fut rapporté à Caen, et son corps, déposé d'abord dans l'église des religieux Carmes de Saint-Sauveur-le-Vicomte, fut également réclamé par la même maison de Caen qu'elle avait longtemps édifiée. Le transfert en fut réalisé en 1687, après d'assez longs retards appor-

1618 à 1622. Nous croyons cependant que ce fut l'aînée (baptisée à Pleurtuit le 10 mars 1618) que nous regardions comme morte en bas âge ; en effet, les deux autres, Mmes de Saint-Gilles et de la Lande du Lou, ne nous offrent pas de traces de cette enfance maladive et de cette velléité religieuse.

tés par la vénération dont elle était l'objet à Saint-Sauveur. Elle repose aujourd'hui à Caen, à la droite du chœur de l'église des Visitandines, et l'on assure que de nombreuses grâces et guérisons ont été obtenues par son intercession. Peut-être la sainteté de notre sœur Marie-Angélique ne fut-elle pas de beaucoup inférieure à celle d'une Jeanne de Chantal, d'une duchesse de Montmorency, ou des mères de Bligny, de Bréchard et de Chastelux, ses contemporaines dans le même ordre de la Visitation.

On m'a rapporté que les bonnes religieuses de son institut étaient autrefois fort jalouses de l'excellence de ses mérites, et spécialement ne voulaient pas admettre qu'il pût avoir existé dans la famille de Pontbriand, un exemplaire aussi parfait des mêmes vertus.

XI. — FRANÇOIS du Breil de Rays, fils d'autre François, chevalier de l'ordre du Roi, et de Claude d'Acigné, naquit en 1595, au château du Guildo, pendant que son père y commandait pour la Ligue, fit, en 1612, ses preuves pour être admis dans l'ordre de Malte et fut, en qualité de chevalier dudit ordre, chargé de conduire plusieurs vaisseaux au siège de la

Rochelle. — Il était en grand crédit auprès du
cardinal de Richelieu et de son oncle le com-
mandeur de la Porte, gouverneur du Hâvre-de-
Grâce; mais sa carrière, dévouée au service de
son ordre et de la Religion, fut tranchée pré-
maturément par une mort héroïque, suivant ce
qu'on lit en ces termes, dans le Martyrologe
de l'ordre de Malte : « François du Breil, de la
langue d'Auvergne, fut tué dans un combat de
cinq galères chrétiennes contre dix turquesques,
l'an 1628. » Il avait alors trente-trois ans.

XII. — CHARLES-GILLES, *alias* LOUIS-CHARLES
du Breil de Pontbriand, fils de Louis-Domi-
nique, seigneur de l'Hôtellerie, en Plévenon,
et de Péronnelle de Trémereuc, né à Plévenon,
vers 1650, entré de bonne heure dans l'état
ecclésiastique, avait été promu le 17 avril 1683 [1],
à la dignité de chanoine théologal de l'évêché de
Saint-Malo, l'une des premières de ce diocèse.

On lit dans la vie de la *Comtesse de Pontbriand*, par le P. Chapotin : « Quand la jeune
comtesse arriva au Pontbriand, il y avait un an
à peine qu'un vénérable ecclésiastique, proche

1. *Pouillé historique de l'archevêché de Rennes*, p. 642.

parent de son mari, y avait rendu le dernier soupir, achevant, par *une sainte mort, une vie vraiment sacerdotale* : c'était messire Louis-Charles du Breil, sieur de l'Hostellerie, docteur en théologie, chanoine de Saint-Malo, mort le 29 mai 1695 ; il avait été, le lendemain, inhumé au milieu de l'église de Pleurtuit, dans la sépulture des recteurs [1]. »

C'est tout ce qu'on sait de lui.

XIII. — JOSEPH-YVES du Breil, quatrième comte de Pontbriand, seigneur du Pin, Richebois, le Houlle, Pontfilly, Beaufort et autres lieux, capitaine-général (colonel) des gardes-côtes de l'évêché de Saint-Malo, gouverneur de l'île et fort des Ebihens, inspecteur des milices gardes-côtes de Bretagne, fils de Louis, comte de Pontbriand et de Bonne ou Bonaventure de Névet, avait eu pour parrain et marraine, le 9 juillet 1670 (il était né le 7 septembre de l'année précédente), deux pauvres honteux de la paroisse de Pleurtuit, exemple d'humilité qui contrastait un peu avec les souvenirs de la génération précédente, et l'honneur qu'avait eu son père d'être tenu sur les

1. *La Comtesse de Pontbriand*, p. 86.

fonts du baptême, à Saint-Germain-en-Laye, par le Roi Louis XIII en personne, assisté de la maréchale de la Meilleraye, née Cossé-Brissac.

Ce jeune seigneur avait hérité des siens les traditions les plus chrétiennes et les plus vertueuses, qu'il unissait à toutes les qualités d'un gentilhomme accompli.

Brillant capitaine de cavalerie (au régiment de Villepion), lorsqu'il épousa, par contrat du 12 mai 1696, Marie-Angélique-Sylvie Marot de la Garaye, destinée à briller par une éminente sainteté, mais qui débuta dans la vie conjugale par quelques imperfections, bientôt regrettées et amendées ; — il concourut à cette transformation par « la foi de l'époux chrétien..... en voilant de bonté, de patience, de tact, une volonté inébranlable »[1], qui changea en une vie toute exemplaire, celle dont on avait pu craindre, dans le principe, certaines frivolités. « C'était, dit le biographe de la sainte comtesse, avec la foi lumineuse de l'un et de l'autre, l'idéal de la vie à deux, réalisée sous le noble toit de Pontbriand. Le comte ne pouvait taire sa joie, son admiration, sa tendresse. Témoin ravi d'une transformation

1. *La Comtesse de Pontbriand*, p. 79.

qui lui rendait enfin l'épouse de ses chers
rêves, émerveillé des progrès qu'elle faisait
chaque jour dans la piété, il appelait souvent
la comtesse *sa petite sainte* »[1].

Cette piété était donc absolument commune
à tous les deux, et elle s'étendait à tous les
détails de l'existence familiale, bientôt même
couronnée par les projets d'une perfection plus
grande encore ; quand ce bonheur, auquel ne
paraissait aucune ombre, fut anéanti par le
coup de foudre qui enleva le comte Joseph-Yves
inopinément, le 2 février 1710, le jour même
où lui naissait un dixième enfant et où allait
s'accomplir, en dehors de lui, cette pleine sanctification de l'épouse, que nous allons avoir
tout à l'heure sous les yeux.

1. *La Comtesse de Pontbriand*, p. 88.

CHAPITRE III

XVIIIe siècle

XIV. — LA COMTESSE DE PONTBRIAND.

Il faudrait reproduire presque intégralement le travail magistral par lequel l'éminent et très regretté Père M.-D. Chapotin, après plusieurs autres hagiographes [1], s'est proposé de faire revivre la mémoire de la comtesse de Pont-

---

1. Il faut citer principalement :

Abrégé de la vie de Madame la comtesse de Pontbriand, du tiers ordre de Saint-Dominique ; manuscrit de la Bibliothèque de Rennes, attribué au P. Joseph Thiébault ou au P. Julien le Texier.

Abrégé de la vie de Madame la comtesse de Pontbriand, par Dom Trotier, religieux bénédictin, prieur de Saint-Jacut ; manuscrit.

Autre biographie également manuscrite, par la mère du Müy. dite de Sainte-Hélène, religieuse ursuline de Québec (Canada).

La pieuse veuve, abrégé de la vie de Madame de Pontbriand,

briand [1], sinon même de provoquer son exaltation sur les saints autels. Nous nous contenterons, cependant, d'une sommaire analyse de cette étude :

Marie-Angélique-Sylvie Marot de la Garaye, fille de Guillaume Marot, comte de la Garaye, gouverneur des ville et château de Dinan, et de Jeanne-Françoise de Marbeuf, était née au château de la Garaye, le 30 novembre 1678, et fut baptisée le même jour en l'église de Taden, près Dinan. Elle perdit sa mère au berceau, et son père à peine âgée de quatorze ans, celui-ci digne d'une mention très spéciale pour ses vertus et son incomparable charité, qui le rendaient, dans son gouvernement de Dinan, l'objet de l'amour et de la vénération de tous; quant à sa piété, il suffira de dire qu'on le trouva, après sa mort, revêtu d'un cilice.

La jeune orpheline fut alors confiée aux soins d'une parente, fille d'une sœur de sa grand'mère paternelle, Mme de Poulpiquet du Halgouët, qui eût toujours pour elle les atten-

par M. D. V. C. E (l'abbé Carron), Rennes, 1792, à la suite des *Epoux charitables.*

Vie de Monsieur de la Garaye et de Madame de Pontbriand, sa sœur, par M. R. Cathenos. Saint-Malo et Rennes, 1790.

1. *La Comtesse de Pontbriand.* Paris, 1896.

tions les plus maternelles, mais dont la maison
quelque peu mondaine, quoique réglée très
chrétiennement, offrait à sa pupille des dis-
tractions plus ou moins frivoles et des occasions de succès précoces, dont elle fut elle-
même la première à s'effaroucher. — Elle désira
parfaire son éducation dans un asile sérieux
et recueilli ; or il n'en était pas de plus indiqué
pour une jeune fille de sa condition que le
monastère de la Visitation de Rennes, où elle
fut admise aux approches de sa quinzième année, et où la recevaient trois dignes religieuses,
propres sœurs de son père. Là, dit son biographe, « la maîtresse à qui elle fut particulièrement confiée, ne se lassait pas d'admirer
son ardeur au travail, la vivacité et la péné-
tration de son esprit, son bon jugement, ses
progrès » [1]. Là aussi se firent sentir pour elle
les premiers attraits de la grâce qui semblaient
la porter vers la vie religieuse, tellement que,
dans le secret de son cœur, elle crut entendre la
voix de Dieu, « et se lia dès lors à son service par
un vœu de chasteté perpétuelle. Engagement pré-
maturé, vœu à coup sûr imprudent, si tant est
que l'on puisse regarder comme une promesse
irrévocable... un tel engagement, pris sans le

---

1. *La Comtesse de Pontbriand*, p. 48.

contrôle obligé d'un directeur. Dieu, d'ailleurs, permettra que le souvenir s'en efface de sa mémoire »[1].

Bientôt en effet les influences de sa famille et de l'amitié la détournèrent de sa pieuse détermination, lui persuadant même qu'elle avait été l'objet d'une sorte de captation, combinée, dans des vues intéressées, entre son frère aîné et les religieuses de sa communauté, ce qui fit évanouir ses rêves de renoncement au monde.

Entraînée, chez des parents, à Paris, puis rentrée en Bretagne, et partout mêlée à la plus brillante société, « elle conserve toujours la crainte du Seigneur, avec une modestie à l'abri de la plus maligne critique »[2]. C'est alors qu'au milieu de nombreux prétendants, elle accueillit les recherches du comte de Pontbriand, auquel elle fut unie, suivant contrat du 10 mars 1697, à l'âge de dix-huit ans moins quelques mois, ne paraissant pas avoir gardé le moindre souvenir des idées de vocation religieuse qui l'avaient hantée précédemment.

On a déjà vu qu'aux premiers moments de cette union, parurent quelques imperfections

1. *La Comtesse de Pontbriand*, p. 53.
2. *Les Epoux charitables*, p. 332.

de caractère dont triomphèrent bientôt la prudence, le tact et les procédés délicats de l'époux, si bien qu'à ces légers nuages, avaient succédé, au milieu des bénédictions incessantes de la maternité, la révolution morale la plus complète, et une existence idéale de bienfaisance et de vertus communes aux deux châtelains.

C'est alors que l'épreuve s'abattit soudaine et foudroyante par la catastrophe qui rendit veuve la comtesse de Pontbriand, le 2 février 1710. Ce fut immédiatement et de plein vol, l'entrée dans une existence toute nouvelle. Ce qui pouvait être déjà considéré comme parfait fit place au pur et complet héroïsme.

Toute à l'amour de Dieu, livrée à des élans sublimes vers son créateur, quoique toujours conservant une parfaite simplicité, telle nous la voyons dans les lettres très nombreuses écrites par elle à son directeur préféré, Dom Trotier, abbé de Saint-Jacut [1], maître vraiment

---

1. Toutes ne nous sont pas parvenues ; il semble cependant qu'elles avaient été conservées et classées au nombre de plus de quatre-vingts, à partir au moins de 1711. Il n'est pas impossible qu'on retrouve celles qui nous manquent, pour la grande édification des personnes pieuses.

digne d'elle : « Je me laissai persuader, dit ce saint homme, que Dieu avait permis cela (cette correspondance), afin que les fidèles fussent un jour édifiés des sentiments d'amour et de foi que cette pieuse veuve avait pour lui, ce qui serait peut-être demeuré dans l'oubli, si elle n'eût été dans l'obligation de les mettre elle-même par écrit, et enfin pour faire connaître qu'il a soin de susciter de temps en temps, dans son Église, quelques âmes choisies qu'il honore de son amitié et auxquelles il prend plaisir à se communiquer, pour ainsi dire avec profusion, afin de se rendre plus aimable au reste des hommes. »

Si l'on a comparé Madame de Pontbriand à sainte Thérèse, pour l'amour de Dieu dont elle était consumée, c'est peut-être plus encore de sainte Catherine de Sienne qu'il conviendrait de la rapprocher, par les délices et les douceurs de la contemplation céleste dont elle était favorisée. Avec cela, toutefois, humilité incomparable, simplicité d'enfant, soumission à tous les conseils de direction qui lui étaient donnés, même pour modérer son zèle.

Cette modération, en effet, était souvent nécessaire à lui imposer, car si elle n'eût suivi que son attrait, on ne peut mesurer le point auquel l'eût entraînée son esprit de pénitence et de mortification. Elle ne cessait de regretter les bornes qui étaient mises à son ardeur pour les jeûnes, les macérations et tout ce qui pouvait crucifier sa chair. Après les nombreux traits qui nous en sont donnés par ses biographes, l'un d'eux poursuit : « Ce que nous pourrions ajouter égale ou surpasse même toutes les rigueurs des saints solitaires de la Thébaïde [1] ».

A cette piété ardente, cet exercice de toutes les vertus, cette simplicité de la foi, cette ardeur à la pénitence, ce renoncement sous toutes les formes, en ce qui la concernait elle-même, se joignait la charité pratique, l'amour du prochain et surtout des pauvres, avec toutes ses délicatesses, souvent même ses excès, non seulement par la multiplication des aumônes, par celle des œuvres et des services dans lesquels elle se prodiguait. Elle n'avait pas attendu pour se dévouer ainsi, d'être touchée par la grâce que nous appellerions celle de sa *conversion*, si ce nom n'était à vrai dire impropre. Ses aumônes étaient immenses, et à peine modérées par le scrupule de ne pas entamer ce qui appartenait légitimement à ses enfants. Son temps était à la disposition de

1. L'Abbé CARRON, *Epoux charitables*, p. 365.

tous ceux qu'elle pouvait obliger par ses conseils ou autrement. On l'a vue, dans une heure ou moins de temps encore, obligée d'interrompre plusieurs fois son oraison, — ce qui lui était particulièrement sensible, — pour entretenir les pauvres gens qui désiraient lui parler, et toujours le faisant de bonne grâce. A plus forte raison, elle quittait tout quand il s'agissait de secourir les malades, d'exhorter les mourants, qu'elle ensevelissait de ses mains, quand ils avaient rendu le dernier soupir. Dans ses domaines, pas de malheureux qu'elle ne fût assidue à visiter et à soulager. Il en était de même dans la ville de Dinan, qu'elle habitait à certaines époques, surtout au temps du carême et des avents. Elle y trouvait, en dehors des mêmes œuvres, d'autres consolations encore à porter dans les prisons et dans les hôpitaux.

Dès l'année même de son veuvage et de la transformation qui le suivit, dans l'hiver de 1710 à 1711, une terrible épidémie de petite vérole s'abattit sur les paroisses de Pleurtuit et autres environnantes ; dès lors elle ne quitta plus le chevet des malades, et la contagion l'atteignit elle-même [1], ce qui fut regardé

---

1. L'ABBÉ CARRON, *Epoux charitables*, p. 365.

dans toute la contrée, comme une calamité publique, et donna lieu, de toutes parts, à des supplications ardentes montant vers Dieu pour la *mère des pauvres*. Sa guérison fut obtenue contre toute espérance ; mais c'est à peine si elle-même ne fut pas attristée d'avoir à rentrer dans la misérable existence de la terre, et de rester séparée de son divin Maître. Seule, la pensée de pouvoir continuer à se dévouer pour les autres lui était un adoucissement.

Dans un voyage qu'elle fit « pour honorer Marie, à Notre-Dame-des-Ardilliers de Saumur », un malheureux atteint de la fièvre pourprée s'étant trouvé sur son chemin, rien ne put l'empêcher de lui porter ses soins et ses consolations, pas même les remontrances de son aumônier qui l'accompagnait. « Empressée de visiter tous les hôpitaux qu'elle pouvait rencontrer... ses bonnes œuvres, dans chaque endroit édifièrent tout le monde ». Aussi, voici ce qu'écrivait une personne qui en avait été témoin à l'un de ses amis par la ville duquel notre voyageuse devait continuer sa route : « Je vous dirai, Monsieur, que nous venons de voir passer par ici une dame de qualité qui paraît être un ange plutôt qu'une personne mortelle... Elle n'a pas plus tôt été descendue de son équipage, qu'elle est venue

visiter, servir et consoler efficacement nos
malades, mais d'un air si humble et cependant
si majestueux et avec des paroles si tendres
qu'elle nous charmait tous. Il nous a été impossible de savoir qui elle est, et comme elle
paraît aller dans votre ville, tâchez de savoir
son nom et m'en faites part... car je la regarde
comme une sainte [1]. »

Cependant, les enfants de Madame de Pontbriand avançaient peu à peu en âge et ce fut
pour elle une véritable satisfaction de voir ses
deux filles aînées incliner vers la vie religieuse. Elle-même vînt pour les assister lors
de la solennité de leur prise d'habit au couvent de la Visitation de Rennes, avant qu'une
cadette les y rejoignît à trois ans de là. Le
22 décembre 1720, elle venait d'entrer pour
ce pieux objet, au monastère dont elle avait
été l'hôte au temps de sa jeunesse, quand
la fête attendue fut changée en un deuil public
par un événement tristement célèbre. Dans la
nuit du 22 au 23, le feu prit sur plusieurs points
de la ville, et cet embrasement consuma, en
quelques jours, la moitié des édifices de la

1. Lettre tirée des *Epoux charitables*, ainsi que les citations qui
précèdent.

cité. « Je voyais tout le monde épouvanté et
en grande frayeur, écrivait la sainte comtesse
à son directeur ; cependant, je n'en avais
aucune et j'étais tranquille. Il me semble que
je ne souhaitais alors rien que la volonté de
Dieu, et qu'il ne fût point offensé dans cet
incendie.

« Il a eu la bonté de conserver mes maisons
et celles de mes frères, quoiqu'elles fussent
en grand danger. Cela ne m'inquiétait nullement, me remettant en tout au bon plaisir de
Dieu [1] ».

Suivit à quelque temps de là, l'établissement de son fils aîné [2], tandis que les autres
entraient dans les ordres ou prenaient le parti
des armes. C'est alors que libre de plus en
plus du côté de sa famille, elle voulut s'associer à une pieuse confrérie de tertiaires de
l'ordre de Saint-Dominique, établie depuis
quelques années à Dinan, et dont les membres
édifiaient, par leurs vertus, la ville et la
contrée tout entière. Sa profession eut lieu,
en cette qualité, le 31 mai 1726, et, à ses côtés

1. *La Comtesse de Pontbriand*, pp. 234-235.
2. Marié, le 21 juillet 1721 (et non 1723, comme l'a dit par
erreur le P. Chapotin) à Françoise-Gabrielle d'Espinay-Vau-
couleurs, dernière héritière de cette illustre maison.

prenait place, dans les mêmes rangs, sa cousine Marie-Thérèse du Breil du Pin-Pontbriand, dont nous aurons bientôt à parler plus amplement.

Dès cette même année, c'est-à-dire la fin de 1726, ayant pris soin de mettre ordre à ses affaires temporelles, Madame de Pontbriand se sentit plus que jamais dominée par le désir d'une immolation et d'une séparation du monde plus complètes encore qu'il ne lui avait été donné de les réaliser jusque-là. Elle s'en ouvrit, à plusieurs reprises, à son directeur. Elle regrettait que sa santé trop ébranlée ne lui permît pas de se vouer à la vie monastique proprement dite, comme elle nous apprend qu'elle en avait fait un essai, en se retirant auprès de ses filles, à la Visitation, qui lui avait toujours inspiré un grand attrait, mais dont elle reconnaît qu'elle n'aurait pu suivre la règle et remplir tous les devoirs. Elle résolut alors, sans autre détermination plus spécialement arrêtée, de se confier en quelque sorte à la Providence, comptant sur elle pour lui faire connaître l'asile où elle pourrait vivre ignorée, en s'occupant de rendre au prochain quelques offices charitables, et de préférence les plus humbles.

Elle partit donc à la grâce de Dieu, accompagnée de sa digne parente, Mademoiselle du Pin, et se dirigea, par Rennes et par Angers, pour s'arrêter aux Hospitalières de Saumur, où nous avons vu que sa piété l'avait déjà conduite en pèlerinage, et qui lui parut le terme que lui désignait la volonté d'En Haut. Elle y arrivait sous un nom supposé (elle avait adopté celui de *Madame des Vallées*); mais sa vraie qualité y fut bientôt trahie, quoiqu'elle réussît à faire garder le secret aux quelques religieuses qui l'avaient pénétré. Elle eut, en revanche, la satisfaction d'être prise, un instant, par l'évêque d'Angers, pour une fausse pénitente, pratiquant l'austérité à la façon des Pharisiens. Elle avoue même à son directeur que cette humiliation, infligée publiquement, ne laissa pas de lui être quelque peu sensible, quoique répondant aux mépris qu'elle avait toujours recherchés.

Ce même évêque d'Angers ne tarda pas, cependant, à partager l'admiration que ressentait toute la ville de Saumur pour la prétendue Madame des Vallées, et cela au point de la solliciter de venir fonder dans sa ville épiscopale un hospice d'incurables réclamé par les habitants. Mais la santé de la comtesse, réellement très affaiblie, lui permit de décliner cette proposition, sans recourir à d'autres raisons, et de continuer, quelque temps encore, dans la solitude des Ardilliers, la vie qui lui était chère.

Il n'en fut pas de même, l'année suivante, lorsque de nouvelles sollicitations, pour un objet semblable, lui vinrent, cette fois de son pays natal, sollicitations qui lui furent transmises par sa parente, la comtesse de Talhouët-Kéravéon.

Il s'agissait d'aller établir, ou, à vrai dire, fonder à nouveau un établissement charitable, qui, jadis, avait existé dans la petite ville de Josselin, mais dont il ne restait plus guère que le souvenir. Le duc de Rohan, seigneur du comté de Porhoët, dont Josselin était le chef-lieu, s'intéressait vivement à cette œuvre, pour laquelle il avait déjà donné 10.000 livres [1]. Les notables du lieu y ajoutèrent certains avantages, confirmés bientôt par des lettres-patentes du Roi. C'était un commencement; mais restait à pourvoir à l'administration et à la direction.

1. Le second fils du duc de Rohan, qui devait lui succéder, venait, à ce moment même, d'épouser Yvonne-Sylvie du Breil de Rays, cousine du comte de Pontbriand, quoique d'une autre branche de sa famille.

Ce fut l'objet de la requête de Madame de Ke-
ravéon à sa cousine.

Il semble que ces avances aient été, dès le
premier moment, favorablement accueillies,
et que la sainte comtesse crût y reconnaître
le doigt de Dieu. S'en étant ouverte à Dom
Trotier, le conseil habituel de toute sa vie, il
fut loin de la détourner : Effectivement, lui
écrivait-elle à la suite des réponses qu'elle
en avait reçues : « Je crois que Dieu me
veut à Josselin, *ainsi que vous me le mandez.*
Jugez-en, s'il vous plaît, par la circonstance
qui m'est arrivée et que je vous rappor-
terai. » Sur quoi, elle lui fait le récit d'un
appel extraordinaire, qui ne lui paraît pas
suspect : « Le jour de Saint-Augustin, le
Saint-Sacrement étant ici exposé..... Au sujet
de la proposition qu'on me faisait pour aller
à Josselin, et des doutes où j'étais si j'irais ou
si je n'irais pas, j'entendis qu'il me fut dit
cinq ou six fois distinctement : *Tu iras, ma
fille, tu iras.* Et, comme étonnée de ces paroles
si souvent réitérées, et ayant quelque crainte
que cela me vînt du démon, je reçus aussitôt
votre lettre : l'ayant ouverte, je vis que vous me
mandiez d'y aller. Cela me rassura..... »

Sans retard, son acquiescement fut donné
aux mandataires qui la sollicitaient, avec pro-

messe qu'elle partirait au printemps, pour
mettre la main à l'œuvre projetée, stipulant
seulement cette double condition que lui avait
suggérée le P. Trotier, à savoir que le Saint-
Sacrement serait gardé constamment dans la
chapelle du nouvel hôpital, et que la fondation
aurait l'agrément de l'évêque de Saint-Malo.
Sur l'acceptation qui suivit sans difficulté, il
fallut songer à quitter Saumur, non sans larmes de ses compagnes, qu'elle avait longuement édifiées et auxquelles il n'était plus question de cacher sa qualité, pas plus que celle de
Mademoiselle du Pin. Celle-ci cependant con-
venait que le sacrifice lui coûtait énormé-
ment, quoiqu'elle n'hésitât pas un instant à s'y
associer.

On partit donc pour la Bretagne, au mois
de mai, mais sans vouloir rentrer au Pontbriand, qui, sans doute, parut être trop près
du monde et du passé. Quelques instants
furent donnés à la Visitation et aux trois filles
qui s'y étaient consacrées à Dieu. Puis, on ne
crut pas que la Garaye fût un lieu trop pro-
fane pour s'y retrouver, quelques semaines
durant, entre les souvenirs d'enfance et la
sainteté qui seule, aujourd'hui, y régnait sans
partage.

Mme de Pontbriand eut cependant à y soutenir un dernier combat qui fut très pénible à son cœur. Dès que sa présence y fut connue, elle ne put se soustraire à sa famille d'abord, et, bientôt, à ce que la ville de Dinan comptait de plus illustre dans les rangs de son clergé et ceux de la charité professionnelle. Ce furent des supplications, avec promesses sans nombre, pour la retenir au milieu des pauvres, ses compatriotes. Sans doute il lui en coûta de résister à ces instances, mais, en dehors de toute autre raison, il y avait parole donnée.

Sans plus s'attarder, on s'achemina vers Josselin, au milieu du mois de juin. Mme de Pontbriand y fut reçue avec un extraordinaire empressement, par Mme de Kéravéon et tous ceux qui, depuis bientôt un an, l'attendaient impatiemment.

Immédiatement, elle s'occupa des constructions, des réfections et aménagements nécessaires dans les bâtiments qui n'étaient plus guère que des masures croulantes, voulant que, pour la plus grande partie, et spécialement tout ce qui regardait son installation personnelle, les travaux fussent exécutés à ses uniques frais.

Dès le 5 juillet, la messe fut célébrée dans la pauvre chapelle devenue convenable, et bientôt, les premiers malades purent être admis dans des conditions suffisantes eu égard à leurs besoins. Dès le premier moment, Madame de Pontbriand fonda pour eux quatre lits à perpétuité, et un autre le fut par son frère, le comte de la Garaye.

L'établissement était achevé, au moins pour l'indispensable, les services installés ; l'œuvre, en un mot, paraissant fondée solidement, l'heure de la récompense allait enfin sonner pour celle qui, de plus en plus, n'aspirait qu'à la réunion avec son Dieu.

« Elle avait bien des fois affronté les maladies contagieuses, dit l'auteur des *Epoux charitables*, mais ses mérites étaient comblés. Une pauvre fille ayant été réduite à toute extrémité, par une fièvre pourprée, Madame de Pontbriand eût pour elle des soins inexprimables... Elle fut attaquée du même mal, le 26 avril 1732 [1]... » Ce fut immédiatement une explosion de douleur et de prières par lesquelles on aurait voulu,

---

1. *Epoux charitables*, pp. 396-395. — Le P. Chapotin dit un peu différemment (p. 323) : « La fièvre pourprée à laquelle nous l'avons vue plusieurs fois disputer la vie des malheureux, s'abattit sur la ville et les campagnes voisines...

« Ce que redoutaient la prudence et l'affection de ses amis ne tarda pas à arriver ; le 27 avril, elle fut obligée de céder à la violence du mal qui l'envahit soudain. »

encore une fois, détourner les arrêts de la Providence.

Mais, le mal devenu bientôt sans espoir, la famille fut prévenue. M. et Mme de La Garaye se hâtèrent d'accourir, ainsi que le plus jeune fils de la mourante, Henri-Marie, le futur évêque de Québec. Ce fut entre leurs mains qu'elle rendit le dernier soupir, le 8 mai 1732, après avoir, le 5 du même mois, rédigé un testament, par lequel elle « veut rester, après sa mort, avec les pauvres auxquels elle a donné sa vie, et avec Dieu, qu'elle a aimé par-dessus tout; en conséquence, elle choisit pour le lieu de sa sépulture, la chapelle de l'hôtel-Dieu de Josselin, en exprimant la volonté formelle d'être inhumée sans aucune pompe funèbre [1] ».

Le P. Chapotin ajoute : « ... Près d'un siècle après sa mort, la vénération pour celle que les archives de l'Hôtel-Dieu appellent «feu de bienheureuse mémoire Madame la comtesse de Pontbriand », fit faire « une chose extraordinaire... par un acte absolument significatif... on ouvrit la tombe de la sainte amie des pauvres [2] » (23 décembre 1829).

A la suite de cette exhumation, fut érigée

1. *La Comtesse de Pontbriand*, p. 323.
2. *La Comtesse de Pontbriand*, pp. 337-338.

une sorte d'autel remplaçant le tombeau primitif, avec une inscription qui se termine ainsi :

« ..... *Elle mourut victime de sa charité, le 8 mai 1732, et fut enterrée dans cette chapelle qu'elle avait réédifiée à ses frais.*

« *Le souvenir de ses bienfaits a fait ouvrir sa tombe* [1] ».

Et notre pieux biographe conclut ainsi son œuvre :

« Mais pourquoi nous serait-il défendu d'en nourrir la joyeuse espérance ? Pourquoi la vie de Madame de Pontbriand, ses admirables lettres, les diverses péripéties de son existence de grande dame, de pénitente et d'hospitalière, tour à tour si piquantes et si émouvantes..... ne parviendraient-elles pas à lui conquérir une place à côté de ces héros et de ces saintes dont la louange se perpétue sur les lèvres de tous ?

« ..... Pourquoi la tombe de Madame de Pontbriand ne se couvrirait-elle pas de fleurs, là où son admirable charité s'est le plus merveilleusement épanouie et exhala ses derniers et plus héroïques parfums ?

« Les témoins de sa vie et de sa mort n'ont pas hésité à venir y demander des miracles, et ils ont aimé à dire qu'ils avaient été exaucés :

1. *Ibid.*, p. 338.

pourquoi une admiration et une foi semblables
ne feraient-elles pas encore au Ciel, au nom de
cette sainte âme, les mêmes violences et n'ob-
tiendraient-elles pas, aujourd'hui, comme autrefois, les mêmes bienfaits [1] ? »

XV. — MADEMOISELLE DU PIN.

MARIE-THÉRÈSE du Breil de Pontbriand, appelée *Mademoiselle du Pin*, ou *du Pin-Pontbriand*,
fille aînée de Anne du Breil, vicomte de Pontbriand, seigneur du Pin, Monterfil, les Préaulx,
la Sauvagère et la Brousse-Briantais, et de Marguerite Ferron (de la branche du Chesne-
Ferron), était née au château de Monterfil, le
22 octobre 1687, mais ne reçut les onctions de
baptême que le 14 juin 1699.

Cousine-germaine (par alliance), et très tendrement aimée de la comtesse de Pontbriand,
nous l'avons vue entrer avec celle-ci dans les
rangs du tiers-ordre de Saint-Dominique, et le
P. Chapotin dit à cette occasion :
« Madame de Pontbriand n'entrait pas seule

1. *La Comtesse de Pontbriand*, p. 339.

dans les rangs du tiers-ordre dominicain. Depuis son veuvage, une parente du comte, Mademoiselle Marie-Thérèse du Pin-Pontbriand, fille d'Anne du Breil, vicomte de Pontbriand, seigneur du Pin, et de Marguerite Ferron, partagea toutes les œuvres de piété, de charité et de mortification de la comtesse, tantôt essayant de reproduire, dans sa propre vie, les vertus héroïques de cette vie si détachée de tout, tantôt la dépassant dans la carrière du crucifiement de la chair et de l'orgueil, au point d'exciter l'admiration et la pieuse envie de la sainte veuve.

« Le biographe dinannais (probablement le P. Thiébaut ou le P. le Texier) nous les montre, par exemple, à la veillée de Noël, agenouillées dans un coin de l'église et récitant alternativement mille *Ave Maria*, pour saluer celle dont les Chrétiens allaient célébrer le divin enfantement.

« Le cœur de ces deux femmes était uni par des liens trop délicats, une amitié trop sainte les enchaînait l'une à l'autre, pour que rien ne pût les séparer jamais : Vraiment sœurs par la même passion d'amour de Dieu et de dévouement aux membres souffrants de Jésus-Christ, elles le devinrent par leur profession de tertiaire, à un titre plus spécial, sinon plus saint, et nous les verrons désormais fidèles à cette union suivie jusque dans la mort [1]. »

Ce fut, en effet, dès lors, une communauté, non seulement de bonnes œuvres, mais d'existence non interrompue, ou peu s'en faut. Mademoiselle du Pin n'hésita pas à suivre sa cousine dans sa retraite à Saumur et, de là, à Josselin, quoique, cette fois, avec un peu moins d'empressement, comme nous le fait connaître une lettre de Mme de Pontbriand à Dom Trotier [2]; et, continue le P. Chapotin : « La mort de Madame de Pontbriand avait mis en possession de ses fonctions de directrice de l'Hôtel-Dieu de Josselin son émule en piété, en mortifications et en dévouement aux pauvres ; ou plutôt ces deux âmes admirables étaient unies par des liens si étroits et si sacrés que la première, à peine sortie des ombres de la mortalité, se hâta d'attirer après elle, dans la lumière et dans la gloire, la fidèle compagne de ses travaux [3]. »

L'acte d'inhumation de celle-ci se trouve relaté en ces termes, à quelques pages de distance, dans le même registre mortuaire qui avait reçu le premier :

1. *La Comtesse de Pontbriand*, pp. 244, 245.
2. *Ibid.*, p. 291.
3. *Ibid.*, p. 329.

« Demoiselle Marie-Thérèse du Breil de Pontbriand, âgée d'environ quarante-cinq ans, est
décédée à l'Hôtel-Dieu de cette ville, dont elle
était directrice et bienfaitrice.

« Elle a été inhumée en la chapelle dudit
Hôtel-Dieu, en cette paroisse, le vingt-quatre
novembre 1732, en présence de Messieurs les
juges, savoir : Sénéchal et procureur fiscal,
Villaubrye Nayt, ancien économe, de Couesson-
son-Rougeard, économe actuel, et plusieurs
autres[1]. »

Le biographe dominicain de la comtesse de
Pontbriand dit en la rapprochant de sa parente :

« Elle (Mme de Pontbriand) avait une cousine, fidèle compagne de ses bonnes œuvres,
appelée Mademoiselle du Breil du Pin-Pontbriand, aussi du Tiers-Ordre, et morte comme
sa chère cousine dans une grande réputation de
sainteté, dans le même hôpital, six mois après.
Ayant eu l'honneur d'être leur confesseur,
étant prieur de Dinan, et de les recevoir à l'habit et à la profession, je vous en ferai un plus
ample détail si vous le souhaitez. » (Arch. gén.
de l'Ordre de Saint-Dominique, à Rome[2].)

1. *La Comtesse de Pontbriand*, p. 328.
2. *Ibid.*, p. 4.

XVI. — Mesdames de Pontbrilland
(de la Visitation).

Les trois filles de l'admirable comtesse de Pontbriand et du comte Joseph-Yves firent profession, comme nous l'avons déjà dit, au monastère de la Visitation de Rennes, savoir : les deux aînées au mois de janvier 1720, au moment même de l'effroyable incendie qui dévora alors la moitié de la capitale bretonne, et la plus jeune, trois années plus tard. C'étaient :

Bonaventure-Angélique-Louise du Breil de Pontbriand, née au château de Pontbriand, le 24 juin 1700, baptisée en l'église de Pleurtuit, le 19 septembre suivant, décédée à Rennes, paroisse Saint-Etienne, le 24 février 1790 (son acte de décès la nomme *Bonne-Félicité*).

Marie-Angélique-Sylvie-Louise du Breil de Pontbriand, ondoyée et probablement née au château de Pontbriand, le 28 novembre 1702 (cérémonies du baptême suppléées, en l'église de Pleurtuit, le 2 octobre 1721, avec deux pauvres honteux de la paroisse pour parrain et marraine), décédée à Rennes, le 25 octobre 1774, et inhumée le lendemain.

FRANÇOISE-CORENTINE du Breil de Pontbriand, née le 24 octobre 1706, au château de Pontbriand, baptisée à Pleurtuit, le 22 janvier 1707, qui fut la dernière survivante des trois sœurs et vécut jusqu'en 1802, pour mourir à plus de quatre-vingt-quinze ans, à Rennes, paroisse Saint-Etienne, après avoir été expulsée de son monastère, à l'époque de la Révolution.

Il ne nous semble pas qu'il y ait lieu de séparer, dans cette notice, ces trois saintes religieuses, pas plus qu'elles ne le furent, au cours de leur existence. — Nous les trouvons surtout unies toutes les trois, dans la pieuse et intime correspondance qu'elles entretinrent toujours avec leur frère, l'évêque de Québec, ainsi qu'avec leurs oncle et tante, les célèbres *Epoux charitables*, le comte et la comtesse de la Garaye.

Il paraît cependant que l'une d'elles, au moins, n'avait pas été, dans sa jeunesse, exempte de quelques imperfections, d'après ce que raconte le biographe de la comtesse de Pontbriand. « Un jour, dit-il, elle sortait pour ensevelir un pauvre qui venait de mourir. Une de ses filles la supplie de l'accompagner et de prendre part à une œuvre de charité si méritoire. Mais Madame de Pontbriand refusa doucement l'assistance de la jeune fille en lui disant : *Comment des mains si habiles à manier les cartes pourraient-elles ensevelir dignement le corps du Christ ?* »

« Ce petit trait nous l'indique assez clairement, les pieux enseignements, les exemples, les soins de cette mère, si zélée pour la sanctification de ses enfants, n'avaient pas absolument préservé leur jeunesse d'un certain goût pour le monde et pour ce qu'il aime. Mais, pour ses filles, en particulier, ce ne fut qu'un éblouissement d'un jour. L'éducation exceptionnelle qu'elles avaient reçue, la sainte vie menée sous leurs yeux par leur mère, les œuvres de piété et de charité auxquelles on les avait associées dès leur première enfance, tout cela devait produire des fruits extraordinaires de grâce surnaturelle et de vertu. [1] »

Ce sont les lettres de ceux-ci que nous a conservées en grande partie le digne abbé Carron dans son édifiante biographie, et dont nous reproduisons les fragments ci-dessous, d'après le pieux auteur, avec le regret qu'il ne nous en

1. *La Comtesse de Pontbriand*, p. 229.

ait pas donné la contre-partie, c'est-à-dire les réponses, dont on peut, cependant, juger assez facilement, au moins l'esprit.

Voici d'abord ce qu'écrivait Madame de la Garaye, après la mort de sa belle-sœur, Madame de Pontbriand ; en observant avec l'abbé Carron, que plusieurs lettres de la même n'ont pas été rapportées, « parce que mesdames ses nièces, qui assurent qu'elle leur en écrivait d'aussi tendres et d'aussi affectueuses que son mari, en ont très peu conservé d'elle »[1] :

« Que pouvons-nous, mes très chères nièces, leur marquait-elle, dans la douleur commune que nous ressentons tous si sensiblement, qu'adorer les décrets de Dieu et nous soumettre à sa sainte volonté. Vous avez appris que Madame votre mère a reçu tous les sacrements avec toute la connaissance et la piété possibles, n'ayant aucune crainte de la mort, et écoutant avec une attention admirable, quand on lui parlait de Dieu. Elle était dans l'exercice constant de la charité... Votre foi et la Religion vous feront trouver des motifs de consolation au delà de ce que je puis vous dire, etc.[2] »

Et plus tard :

1. *Les Epoux charitables*, p. 217.
2. *Ibid.*, pp. 210, 211.

« Je me satisfais, écrivait, un jour, la comtesse (de la Garaye), aux dames de Pontbriand, je me satisfais..., mes chères nièces, par le plaisir... de vous assurer de mes plus heureux souhaits pour la nouvelle année (1751), que je conforme à vos désirs, en m'associant à vous, pour demander à Dieu qu'une ferveur, toujours animée de la plus vive foi, accompagne tout ce que vous faites. Demandez pour moi que je puisse profiter des jours qu'il plaît à Dieu de me laisser sur la terre, pour fléchir ses miséricordes. Que son saint amour soit plus que jamais dans nos cœurs [1]. »

« Vous nous faites, écrivait aux mêmes à différentes fois, le comte de la Garaye, vous nous faites toujours, mes chères nièces, un sensible plaisir de nous donner de vos nouvelles, dans vos moments perdus ; vos lettres sont les marques que vous donnez à Dieu de votre amour. Continuez et persévérez dans les pensées de votre noviciat. Vous recevrez la couronne, etc. »

Puis, *à l'une de ces trois dames* :

« Mes très chères nièces, j'apprends par la vôtre, avec un joie extrême, que vous goûtez avec *plaisir* combien le joug du Seigneur est

---

1. *Epoux charitables*, pp. 210, 211.

doux. Vous le connaîtrez encore mieux. Plus
on l'aime, plus on le trouve aimable. Il donne
une satisfaction que le monde ignore et ne peut
donner ; évitez le *parloir*, et vous recueillez avec
ce bon Maître, auquel vous voulez vous donner
entièrement. Vous trouverez un plaisir qui est
le charme de la solitude. J'espère que la divine
bonté répandra, de plus en plus, son onction
dans votre cœur, et qu'elle vous donnera le
courage qui vous est nécessaire dans votre noviciat. J'ai toujours été persuadé que les peines
qui s'y trouvent ne pouvaient ébranler une
vocation qui vous vient de Dieu. Je suis charmé
d'apprendre que Mademoiselle Angélique soit
fervente. Priez, toutes les deux, notre bon
Maître pour moi. Nous le prions, et le ferons
prier pour vous. »

« Ma très chère nièce, j'ai reçu la lettre à
laquelle je n'ai pas pu répondre plus tôt. Je suis
charmé de voir la continuation de votre ferveur ; mais que vous dirai-je sur la grandeur de
Dieu, dans laquelle on se perd. Les cieux, la
terre et toutes ses œuvres annoncent son immensité. L'univers et tout ce qu'il contient est
le grand livre des anachorètes et de ceux qui,
comme vous, mes chères nièces, sont dans la
solitude. Il le doit être de tout le monde. C'est

un abîme de réflexions ; à l'égard de la Providence, il ne tombe pas un cheveu de la tête sans
l'ordre de Dieu. Il ferme les cieux ; il envoie
des maladies aux hommes quand il veut ; c'est
ce qu'il dit à Salomon. Ainsi c'est une grande
consolation d'être persuadés de cette vérité, que
tout ce qui nous arrive est par l'ordre de Dieu
et pour notre sanctification. L'amour de Dieu
nous presse, ma chère nièce, vous savez que
l'amour se paie par l'amour, et que Dieu nous
aime comme nous l'aimons. Ainsi nous devons
nous y exciter. Il nous apprend que celui qui
aime Dieu garde ses commandements. C'est à
quoi nous devons porter notre attention, etc. »

« Ma très chère sœur, le bon Dieu vous a
comblée de ses grâces, le jour de votre profession, et vous en a donné même de sensibles... :

« Vous faites chanter ses louanges, comme
les enfants dans la fournaise ; Dieu en soit béni !
Vous me faites beaucoup de plaisir de me mander que vous penserez aux avis que vous vou-
lûtes bien me permettre de vous donner, et
que vous les mettrez en usage en temps et lieu.
Ils sont assurément de grande conséquence ; ils
ne viennent pas de moi... Je prie le Seigneur
qu'il continue de se servir de vous pour inspirer son saint amour. Demandez-le bien pour
moi, je vous en prie, et m'aidez de vos conseils.

Le Saint-Esprit vous en inspirera, et je tâcherai d'en profiter... »

Aux trois sœurs :

« Mes très chères nièces, je vous remercie et vous suis très obligé des bons et heureux souhaits que vous me faites. Ils sont solides et tendent à me procurer un bien éternel. Je suis persuadé que l'amitié que vous avez pour moi vous engage à prier Dieu pour moi, et j'espère que, par vos bonnes prières, et celles de ma chère sœur (Madame la comtesse de Pontbriand), que je crois au Ciel, que le Seigneur aura pitié de moi. Je le prie de tout mon cœur, d'augmenter son saint amour dans vos cœurs, afin que, laissant le monde en arrière, vous ne songiez, mes chères nièces, qu'à lui plaire et à profiter de la grâce qu'il vous a faite de nous faire connaître que tout est vanité des vanités, hors aimer Dieu et le bien servir. Dieu vous en fasse la grâce, mes chères nièces, et à moi aussi, etc. [1] »

Ces dernières lignes, enfin, de Madame de la Garaye, du 22 janvier 1757, quelques semaines avant sa mort :

---

1. *Les Epoux charitables*, pp. 210-217.

« Je suis persuadé que vous ne m'oubliez pas dans vos prières, par un retour que je veux toujours mériter par la plus tendre amitié qui durera autant que mes *tristes* jours, qui vont à grands pas à leur fin. J'ai toujours grand besoin des grâces de Dieu pour m'y bien préparer [1]... »

La seconde des trois sœurs fut longtemps prieure de son monastère, et mourut dans l'exercice de cette charge ; les deux autres atteignirent une extrême vieillesse, l'aînée étant décédée à près de quatre-vingt-dix ans, et la dernière, comme nous l'avons dit, à plus de quatre-vingt-quinze, après que la Révolution l'eût expulsée de son monastère, sans attenter, cependant, autrement à ses derniers jours.

XVII. — L'ABBÉ DE LANVAUX.

GUILLAUME-MARIE du Breil de Pontbriand, né à Dinan le 21 janvier 1698, docteur en théologie de l'université de Toulouse, chanoine, grand chantre de l'église cathédrale, et vicaire général de l'évêque de Rennes en 1732, puis

1. *Les Epoux charitables*, p. 298.

6

abbé commendataire de Lanvaux en 1735, fut l'aîné de trois prêtres éminents, fils de notre sainte comtesse de Pontbriand. — Son éducation fut dirigée par celle-ci avec tous les soins qu'on pouvait attendre d'une telle mère. Commencée au collège de Rennes, elle se poursuivit à Paris, au collège d'Harcourt, sous la direction d'un précepteur éclairé, et, très jeune encore, il remporta le prix de l'églantine d'argent, aux jeux floraux de Toulouse de 1722, en même temps qu'il composait un *Sermon pour le sacre du Roi* (Paris, 1722) prononcé aux *Pénitents Bleux* de Toulouse [1].

Plus tard, il donna encore les deux ouvrages suivants, témoignant de ses études en des genres variés :

Nouvelles vues sur le système de l'Univers. Paris, 1751, in-8°.

Essai de grammaire française. Paris, 1754, in-8°.

Mais l'occupation principale de toute sa vie consista en d'immenses recherches auxquelles il se livra sur l'Histoire des Etats de Bretagne, après avoir été délégué par le chapitre de

---

1. « Il était orateur, grammairien, poète même », dit de lui le P. Delaporte (*Les Petits Ramoneurs.* Paris, 1900, p. 25).

Rennes, aux Etats tenus à Saint-Brieuc en 1730, et chargé par ceux-ci de classer tous les documents conservés, tant au Greffe qu'aux Archives desdits Etats.

De ces travaux résultèrent :

1º (De concert avec M. de Guichen), 2 vol. in-8º, présentés aux Etats de 1734, comprenant l'un l'*Inventaire du Greffe*, l'autre *celui des Archives*.

2º *Nouvel inventaire, abrégé méthodique des précédents*. 1 vol. in-fº.

3º *Extrait des délibérations des Etats de Bretagne de 1567 à 1732*. 2 vol. in-fº.

4º *Table des précédents ouvrages*. 1 vol. in-fº.

5º *Extrait des délibérations des Etats de Bretagne de 1731 à 1754*. 2 vol. in-fº.

6º *De l'assistance du Tiers aux Etats de Bretagne*.

La conclusion de ces recherches incessantes devait être un ouvrage considérable, dont il présenta, aux Etats de 1754, en même temps que ses derniers extraits, le plan et quelques chapitres (Rennes, Vatar, 1754, in-fº). Mais cet ouvrage est resté, paraît-il, incomplet, quoique tous les matériaux en existent à la Bibliothèque de Rennes. Nous ne saurions trop

engager quelque curieux de notre histoire
nationale, surtout parmi les membres de notre
famille, à en extraire au moins le plus essentiel,
et à en donner la substance, à défaut de la
totalité, persuadé que l'œuvre serait d'un fort
grand intérêt.

L'abbé de Lanvaux est, d'ailleurs, noté, dans
toutes les tenues des États de Bretagne, comme
l'un des membres les plus influents, les plus
considérés de ces assemblées, et dont les avis
étaient le plus écoutés. Un dernier et éclatant
témoignage lui en fut donné, lorsqu'il mourut
à Rennes, le 6 avril 1767. Les États y étaient
alors assemblés, et voulurent assister en corps
à ses funérailles et à son inhumation, qui eut
lieu solennellement dans les caveaux de l'église
cathédrale de Saint-Pierre.

Quoique sa vie ait été spécialement une vie
de science et de travail, elle ne fut pas moins
marquée aussi par les bonnes œuvres de tout
genre, auxquelles il ne cessa de la consacrer, à
l'exemple de tous les siens ; « esprit distingué,
autant qu'âme élevée et charitable, dit de lui le
P. Chapotin, qui fit des revenus de son abbaye
de Lanvaux le patrimoine des pauvres [1]. »

1. *La Comtesse de Pontbriand*, p. 96.

XVIII. — L'abbé des Savoyards.

René-François du Breil de Pontbriand, né au Pontbriand, et baptisé à Pleurtuit le 22 mai 1705, était le cinquième et avant-dernier fils du comte Joseph-Yves et de sa vertueuse épouse.

Après avoir été élevé au collège de la Flèche [1], il paraît avoir suivi un moment la carrière des armes, et c'est peut-être à lui que doit être appliquée cette note des archives du ministère de la Guerre : « Pontbriand, le cadet, lieutenant le 3 mai 1728, cy-devant enseigne ; bon sujet et riche » ; mais il entra bientôt dans l'état ecclésiastique, et s'y prépara par les études nécessaires, au séminaire de Saint-Sulpice, après quoi, dès l'année 1732, il se consacra tout spécialement, avec un zèle absolu, à l'œuvre dite *des Petits Savoyards*, qu'il trouvait encore dans l'enfance, et dont il fut le véritable fondateur, s'appliquant à donner un caractère permanent et régulier à ce qui avait été fait avant lui, de façon plus ou moins intermittente,

---

1. D'après le manuscrit de Dom Trotier sur la vie de la comtesse de Pontbriand.

pour cette colonie intéressante de pauvres
enfants nomades. Bientôt même sa charité embrassa l'assistance et l'instruction, non seulement des Savoyards, mais de tous les ouvriers
de Paris. « Le bon pasteur, dit l'auteur d'une
monographie récente, alla chercher ses brebis
disséminées sur les différents points de la
grande ville. Pour les atteindre, pour étudier
les mœurs, les habitudes, les besoins d'un troupeau si mobile, il transporta successivement
son domicile dans tous les quartiers de Paris ;
ainsi, connut-il, au bout de quelques années,
toutes les stations où les ouvriers des diverses
provinces et des diverses professions se réunis-
saient le jour, et les habitations où ils se reti-
raient le soir. Le résultat de ses recherches fut
consigné dans un travail divisé en cinq parties,
et cette statistique est un chef-d'œuvre de
patience et de sagacité. »

Peu à peu il établit des catéchismes et des
écoles de charité fréquentées par plusieurs mil-
liers d'ouvriers nomades, auxquels il distribuait
avec l'instruction religieuse, voire les principes de l'enseignement élémentaire, d'abon-
dantes aumônes et des secours de tout genre,
s'occupant avant tout, de ménager aux jeunes
enfants de son troupeau, une bonne prépara-

tion à leur première communion, préparation
qui, souvent avant lui, avait été fort négligée.
Les adultes, non plus, n'étaient pas oubliés,
soit qu'il s'agît de les conquérir à Dieu, ou de
les entretenir dans leur foi et la pratique du
bien. C'est ainsi qu'une centaine de vieux
ouvriers furent confirmés avec 300 enfants en
1737, deux ans plus tard, on en compta 800 pour
une semblable solennité. Les retraites périodi-
ques n'avaient pas moins de succès; elles réu-
nissaient près de 1.600 ouvriers en 1736, plus de
2.000 l'année suivante, et plus de 3.000 en
1739. Un des plus puissants encouragements
à l'œuvre de l'apôtre lui vint du chef même de
l'Eglise, le pape Clément XII, qui accorda à ses
sollicitations une indulgence plénière que pouvaient gagner ses jeunes clients, faveur qui fit
l'objet d'un indult du 19 décembre 1736, pro-
mulgué par Mgr de Vintimille du Luc, archevêque de Paris, le 14 avril 1737.

Malgré l'immensité des besoins, les ressources de tout genre ne firent pas défaut au
zélé fondateur. Il trouva dans le clergé de Paris,
nombre d'ecclésiastiques disposés à le seconder, notamment le curé de Saint-Benoît,
M. de Vallière; et la pieuse reine Marie Lec-
zinska fut au premier rang de ceux qui lui vinrent en aide pécuniairement, de même que son

fils le grand dauphin, comme le rapporte, d'une
manière touchante, le digne abbé Proyart, dans
l'étude qu'il a consacrée à « cette sainte *aumô-
nière de France* qui, dans ses visites aux églises
et aux couvents, dit le P. Delaporte, était toujours accompagnée d'une escorte de pauvres,
escorte que les gardes avaient ordre de laisser
approcher, et qu'on appelait communément le
Régiment de la Reine. Les Savoyards devinrent
une compagnie de ce régiment [1]... » La Reine
au dire du même abbé Proyart, « contribuait
avec une libéralité vraiment royale à l'instruction des enfants pauvres... secondée dans
cette bonne œuvre par le zèle intelligent de
l'abbé de Pontbriand [2]. »

Il n'est pas cependant de si bonne œuvre
qui ne doive éprouver quelques traverses, c'est
ainsi que l'apôtre des Savoyards nous apprend
qu'à un certain moment, des jalousies s'élevèrent entre ses premiers enfants d'adoption et
ceux qui se trouvèrent leur être adjoints de
différentes provinces françaises, Normands et
Auvergnats surtout ; il en résulta de quasi
batailles, livrées presque sous la porte des

1. *Les petits Ramoneurs*, p. 42.
2. *Vie de Marie Leckzinska*, p. 274.

églises. L'éloquence, la persuasion des caté-
chistes n'eurent pas raison sans peine de cette
turbulence ; enfin, « tout fut tranquille, écrit
M. de Pontbriand, en 1737, et nous eûmes le
plaisir de voir une union parfaite régner
entre des enfants qui, jusqu'alors, avaient les
uns contre les autres une antipathie des plus
fortes. »

Diverses notices que l'abbé de Pontbriand
publia lui-même de 1735 à 1743 nous indiquent
l'extension qu'il donna successivement à son
œuvre dans ce court espace de temps, ce sont :

1° *Projet d'un établissement déjà commencé pour
élever dans la piété les Savoyards qui sont à Paris.*
Paris, Coignard, 1735.

2° *Progrès du Projet...* 1737.

3° *Suite du progrès de l'établissement pour l'instruction de tous les enfants et de tous les ouvriers
des rues de Paris,* 1739.

4° *Perfection de l'établissement.*

5° Une cinquième partie enfin, qu'on ne
trouve pas à la Bibliothèque Nationale [1], mais

---

1. Nous ignorons si cette cinquième partie a été imprimée,
mais l'administration de la Bibliothèque Nationale nous a
demandé de lui en laisser prendre copie, copie qu'elle possède
actuellement.

qui est entre nos mains à l'état manuscrit, sous
ce titre : *Règles que Messieurs les ecclésiastiques
qui font le catéchisme aux Savoyards auront la bonté
d'observer.*

Notre saint abbé, devenu abbé commendataire de Saint-Marien d'Auxerre, ordre des Pré-
montrés, en 1746, continua son pieux apostolat jusqu'à sa mort, arrivée en 1771[1], à Paris,
dans l'établissement des Missions Étrangères
de la rue du Bac, où il s'était retiré, après avoir
légué à la congrégation de Saint-Lazare sa
bibliothèque et tous ses biens mobiliers, suivant testament du 21 septembre 1763. Il laissait, dit un de ses biographes, Antoine Ducros
de Sixt, « son œuvre en pleine voie de prospérité, emportant au tombeau le nom de ce pauvre peuple, auquel il s'était attaché si étroite-
ment et avec lequel il s'était comme identifié. »
Cette œuvre a été très exactement décrite, et
sa charité mise en lumière par un auteur con-
temporain, Piganiol de la Force[2], le Maxime

---

1. Cette date n'a pas toujours été exactement rapportée,
mais elle ne peut faire aucun doute, d'après celle qu'on retrouve
de la nomination de son successeur à l'abbaye de Saint-Marien
d'Auxerre.

2. *Description historique et géographique de Paris.* Paris, 1751-
1753. (V. spécialement l'édition de 1742.)

du Camp de l'époque, qui, cependant, trouve moyen de passer absolument sous silence le nom de notre abbé (chose assez singulière, à moins que ce ne soit pour ménager sa modestie) et ne le désigne pas autrement que par ce simple mot : « *un ecclésiastique* », dont on reconnaît seulement la personnalité aux emprunts qui sont faits à ses écrits, copiés presque textuellement.

Une notice plus explicite, sans parler de celle un peu trop pompeusement oratoire de M. Ducros de Sixt (1845), a été donnée de notre temps, par le R. P. Delaporte S. J., mais on l'accuse de ne pas être sans quelques erreurs ou confusions de détails, peu importantes du reste.

Celle qui nous semblerait en être complètement exempte, mais qui, malheureusement, est restée jusqu'ici inédite, est due au savant abbé Charles Trillon de la Bigottière, du clergé de la Trinité de Paris, qui a bien voulu nous en communiquer le manuscrit. Après des préliminaires, non sans intérêt, mais formant quelque peu hors d'œuvre au point de vue biographique, l'auteur fait ressortir, que nul, mieux que l'abbé de Pontbriand, n'a été le continuateur de saint Vincent de Paul, et qu'il doit être considéré comme l'initiateur de tout ce que la charité a réalisé, dans les siècles derniers, montrant que toutes les règles posées par lui, jusques dans leurs moindres détails, ont été suivies par les hommes d'œuvres contemporains ; qu'en réalité il n'avait rien oublié, et que rien, pour ainsi dire, n'a été innové par ses successeurs jusqu'à nos jours.

Pour achever ce qui concerne ce bienfaiteur insigne des classes les plus déshéritées, on ne doit pas omettre de mentionner encore quelques ouvrages que lui inspirèrent son zèle religieux et sa très vive piété, savoir :

1° *Pèlerinage du Calvaire sur le Mont-Valérien.* Paris, Coignard 1745, in-12, ouvrage dédié à la Reine, dont les nombreuses éditions de 1751, 1755, 1758, 1763, 1789, 1816, attestent l'action considérable et prolongée.

2° *L'Incrédule détrompé, et le Chrétien affermi dans la foi.* Ibid., in-8°, 1752, avec dédicace au Dauphin, important ouvrage d'apologétique, écrit d'un style pur et simple, qui eut un grand succès de son temps et rappelle celui qu'a publié, du nôtre, l'éminent philosophe chrétien M. Auguste Nicolas.

XIX. — L'ÉVÊQUE DE QUÉBEC.

HENRI-MARIE du Breil de Pontbriand était le plus jeune des enfants, — au moins de ceux qui vécurent, — du comte Joseph-Yves et de la sainte comtesse de Pontbriand. On croit qu'il naquit au Pontbriand, au mois de janvier 1708, cependant son biographe canadien, Mgr Henri Têtu, a écrit, sans doute erronément, qu'il « était né à Vannes en Bretagne », ce dont nous avons tout lieu de douter, d'après nos recherches personnelles.

Elevé au collège de la Flèche, il fit ses preuves en 1725 pour être admis dans l'ordre de Malte, mais sa vocation se décida bientôt pour l'état ecclésiastique, et, après des études appropriées, au séminaire de Saint-Sulpice, études qui lui firent conquérir brillamment ses grades en Sorbonne, il fut ordonné prêtre au mois de février 1731 [1], et commença à remplir ses premières fonctions sacerdotales dans l'hôpital familial du château de la Garaye ; mais l'évêque de Saint-Malo, Mgr des Maretz, l'appela bientôt

---

1. Quoique Mgr Têtu assure qu'il n'était encore que *diacre* quand il assista sa sainte mère à son lit de mort, le 8 mai 1732.

à l'assister comme grand vicaire (18 septembre 1736), et lui confia la mission de réformer divers abus qui s'étaient introduits dans son diocèse.

C'est dans cette situation qu'il fut désigné au cardinal Fleury pour la dignité épiscopale. Mais à tous les évêchés de France, il préféra celui de Québec, au Canada, auquel il fut nommé sur la fin de 1740, à l'âge de trente-deux ans. Ses bulles furent signées le 6 mars 1741 ; son sacre eut lieu le 7 avril suivant, puis, après s'être embarqué au commencement de juillet, à Bordeaux, il prit terre à Québec le 29 août, et fit, le lendemain, son entrée solennelle dans sa ville épiscopale.

Son premier soin dans l'immense territoire soumis à sa juridiction spirituelle, et qui, depuis plus de quarante ans, n'avait pour ainsi dire pas connu l'administration effective des premiers pasteurs, fut de procéder à la visite des paroisses tant urbaines que rurales, et à celle des principales communautés de son diocèse, visite qui lui démontra, tout d'abord, l'insuffisance et l'état de ruine imminente de sa cathédrale, Saint-Charles de Québec. Sans tarder il en entreprit la restauration, ou plutôt la reconstruction, œuvre considérable, qui fut achevée cependant en trois années à peine, de 1745 [1] à 1749, grâce au concours zélé de ses diocésains et à l'appoint très important de ses ressources personnelles.

Un des premiers objets de sa sollicitude fut aussi de procéder à l'établissement durable des retraites et des conférences ecclésiastiques, admirable institution qu'il avait toujours eue à cœur. « C'est dans les conférences ecclésiastiques, dit Mgr Têtu, qu'il savait inspirer à ses prêtres le goût des études sérieuses, et qu'il savait les remplir d'une partie de cette science théologique qu'il possédait à fond. Les séminaristes avaient souvent la bonne fortune de recevoir eux-mêmes ses leçons ; il mettait son plaisir à disputer et à conférer avec eux, à les instruire et à les former de sa main. Lui-même, au milieu de ses occupations multiples, avait soin de se ménager régulièrement quatre à cinq heures par jour pour l'étude, tant il était persuadé que les lèvres de l'évêque, plus encore que celles du prêtre, doivent être les dépositaires de la science.

« Pour les retraites ecclésiastiques, le clergé se réunissait au séminaire de Québec et c'était

---

1. Elle avait été commencée dès 1744, mais dut être interrompue la même année, par suite des menaces de guerre.

le prélat lui-même qui en payait les frais [1]... »

Sur les conseils de M. de Maurepas [2], et, après avoir reconnu la justesse de ses observations, il rendit un signalé service aux intérêts temporels de la Colonie, en restreignant le nombre des fêtes chômées en dehors du dimanche, — trente-cinq étaient dans ce cas, pour un pays dont le climat commandait trop souvent des interruptions de travail. — Il abolit donc sagement, par son mandement du 24 novembre 1741, dix-neuf de ces fêtes, et en renvoya la célébration au dimanche, prenant soin qu'aucune atteinte ne fût portée, par cet adoucissement de leurs obligations cultuelles, à l'esprit de foi des Canadiens. « Cette mesure épiscopale, dit Mgr Têtu, était, du reste, pleinement justifiée par la misère qui régnait dans tout le pays, par suite des mauvaises récoltes de plusieurs années consécutives [3]. »

Mais, avant toutes choses, le ministère de l'évêque visait à la sanctification de son troupeau et à des conquêtes nouvelles, surtout parmi les populations idolâtres qui en faisaient

1. MGR TÊTU, _Les Evêques de Québec_, pp. 238, 239.
2. Ministre de la marine, auquel ressortissaient toutes les affaires canadiennes.
3. _Les Evêques de Québec_, pp. 236, 237.

partie. Il le montra particulièrement lors de la célébration du jubilé dit de Clément XIV, qui fut peut-être le point culminant de son apostolat, et qui s'ouvrit pour le Canada au mois de janvier 1751.

Après s'être prodigué dans sa ville épiscopale, surtout dans les communantés religieuses, par des exercices qu'il donnait lui-même et des prédications incessantes, sans aucun égard pour les fatigues qu'elles lui occasionnaient, il partit pour Montréal et les districts voisins, où il voulut renouveler les mêmes travaux, pour porter ensuite la bonne parole jusqu'aux missions sauvages, surtout celle de la *Présentation*, ou lac des *Deux Montagnes*, dont l'éminent directeur, le P. Picquet, prêtre de Saint-Sulpice, poursuivait, depuis des années, un apostolat fructueux, d'après l'impulsion de son évêque, lequel ne cessait de le recommander à la bienveillance de la Mère-patrie, et préparait, par son intermédiaire, non seulement des recrues à la Religion, mais des alliés fidèles et dévoués à l'Etat français. Le pontife, dans cette occasion, baptisa de ses mains plusieurs centaines d'infidèles, et leur administra tous les autres sacrements de l'Eglise [1], éprouvant dans ces courses

1. Le 29 mai 1752, l'évêque bénit un drapeau revêtu de ses

7

lés plus grandes difficultés, et toutes les priva-
tions dont aucune ne le fit reculer. Il revenait
par la ville de Trois-Rivières, quand il y trouva
la désolation par suite d'un double incendie
qui venait d'y consumer le monastère, à la fois
hôpital, des religieuses Ursulines.

L'année suivante, il revint aider cette pauvre
maison à se relever de ses ruines ; mais à
peine y avait-il réussi par des sacrifices et des
labeurs incessants, « qu'un nouveau désastre,
arrivé cette fois dans sa ville épiscopale, solli-
citait de nouveau la charité et le dévouement
vraiment héroïques de l'évêque[1]. » L'Hôtel-
Dieu de Québec venait d'être détruit à son tour
par un second incendie survenu le 7 juin 1755,
et, pour comble de malheur, une religieuse
hospitalière y avait perdu la vie. Il était, à ce
moment, à Montréal, et profita du mouvement
de sympathie qu'avait excité l'événement pour
faire une première collecte parmi les habitants
de cette ville. Immédiatement, du reste, il pro-
posa d'abandonner aux malheureuses hospitalières et à leurs malades son palais épiscopal en
entier, avec ses dépendances et ses ameuble-

armes et des insignes des principales nations indiennes, laquelle
bannière a flotté sur presque tous les champs de bataille canadiens.

1. Les Évêques de Québec, pp. 242, 243.

ments, terminant ainsi ce qu'il leur écrivait : « Enfin, je livre toute ma maison pour cette bonne œuvre, et s'il est nécessaire, je me livre moi-même pour être le premier infirmier de ce nouvel hôpital¹. »

On finit cependant, grâce à des aumônes multipliées, des quêtes incessantes et quelques secours obtenus de la Métropole, par relever l'établissement incendié, mais il n'en coûta pas moins de 200.000 livres, et quand les malades purent être de nouveau installés, vers la fin de 1757, une nouvelle épidémie, succédant à celles qui avaient déjà désolé la Colonie en 1744 et 1747, en multiplia le nombre à un point effrayant : « Les membres du clergé, dit l'annaliste de cette communauté, qui exerçaient leur ministère auprès de nos malades, ne furent pas plus exempts que les religieuses, de ces fièvres dévorantes ; il en mourut quatre, dont trois dans le mois de septembre. Mgr de Pontbriand les assista lui-même, avec une charité et une tendresse qu'on ne pouvait assez admirer. Ce fut à cette occasion que le bon pasteur régla que les aumôniers de l'hôpital général seraient relevés de vingt-quatre heures en vingt-quatre heures, et que tous les prêtres

1. *Les Evêques de Québec*, p. 243.

séculiers et réguliers y viendraient à leur tour.
Il commença lui-même cet exercice le 25 septembre. Le vénérable prélat ne se contentait pas
de son tour; il suppléait les absents; il aidait à
tous [1]. » Et, ajoute l'auteur de son panégy-
rique, « il passait au milieu des souffles de la
mort qu'exhalaient de toutes parts ces hommes
pestiférés... et n'est-ce pas chose connue de
tout le monde que c'est dans cet exercice héroïque qu'il a contracté cette longue maladie
qui lui a fait traîner une vie languissante, et
enfin conduit au tombeau [2] ! »

On ne peut se dispenser de dire un mot des
difficultés qui s'élevèrent, dès le début de
l'épiscopat de Mgr de Pontbriand, entre le
chapitre et le séminaire du diocèse, difficultés
dans lesquelles il ne fut pas loin d'être impli-
qué lui-même, qu'il eut le regret, malheureusement, de ne pouvoir pacifier, comme il l'avait
à cœur, mais au milieu desquelles il apporta
toujours une impartialité, un désintéressement,
un esprit de paix et de charité, hautement
reconnus de tous.

1. *Oraison funèbre.*
2. *Id.*

Parmi les calamités qui désolèrent le Canada au temps de Mgr de Pontbriand, la famine, presque incessante, fut de celles qui firent le plus éclater son ingénieuse charité. Dès 1744, la Mère du Plessis de Sainte-Hélène, supérieure de l'hôpital de Québec, écrivait à ce sujet : « ... La famine a régné dans tout le pays ; on a vu des misères que cette colonie n'avait jamais éprouvées, et sans le bon ordre que Monseigneur notre évêque a mis dans la ville pour les charités, les pauvres auraient bien pâti. Mais... il avait marqué à chaque communauté ceux qu'elle devait nourrir à proportion de leurs facultés. Lui-même faisait distribuer quatre-vingts pains par semaine ; par ce moyen, ils ont tous été secourus [1].... »

Mais la misère suprême, ce fut la guerre des dernières années, glorieuse épopée, en même temps que drame poignant, dans lequel devait sombrer la domination française au Canada. Nous ne pouvons songer à en retracer ici l'histoire. Après la dispersion violente et barbare des Acadiens en 1755, il nous suffira de rappeler les grandes journées de Chouaghen, du Fort-Henry et de Carillon, dans ces

1. *Les Evéques de Québec,* p. 237.

trois mémorables campagnes de 1756 à 1758.

Depuis le commencement de son épiscopat,
« Mgr de Pontbriand... n'avait jamais cessé
de tenir ses mains élevées vers le Ciel, et de
prier, comme Moïse, pour les soldats qui com-
battaient pour la patrie. Les églises retentis-
saient du chant joyeux du *Te Deum*, chaque
fois que Louis XV remportait quelque succès,
ou lorsque les troupes canadiennes se cou-
vraient de gloire dans leurs combats héroïques ;
mais les accents suppliants de la prière s'y faisaient entendre encore plus souvent dans ces
temps de malheurs publics : prières pour ceux
qui allaient verser leur sang ; prières pour ceux
qui l'avaient déjà donné et qui étaient morts
pour la plus sainte et la plus noble des causes.
Tous ces mandements respirent le plus pur
patriotisme, comme la foi la plus vive en la
divine Providence, qui conduit les évènements
à son gré, qui, par les calamités qu'elle leur
envoie, sait punir les crimes des peuples pour
les sauver ensuite, et qui récompense toujours
leur confiance en Dieu et les actes d'une sincère
pénitence[1]. »

La dernière lutte commença avec le siège de

1. *Les Evêques de Québec*, pp. 248, 249.

Québec, au mois de juin 1759. Elle fut encore marquée par l'éclatante victoire de Montmorency (31 juillet), quand une sorte de hasard amena le dénouement, si longtemps conjuré, dans les plaines d'Abraham (13 septembre), qui virent tomber les deux héros, Wolfe et Montcalm, que la France et l'Angleterre avaient opposés l'un à l'autre. Montcalm était mort entre les bras de Mgr de Pontbriand, presque agonisant lui-même ; mais avec son dernier soupir, la victoire avait fui nos armes.

Retiré à Montréal avec les derniers débris des Français et des autorités canadiennes, le pauvre évêque n'y attendait plus que la mort, heureux de ne pas survivre à la ruine de sa seconde patrie et de ne pas y voir les Anglais installés à notre place. Il eut encore la force d'encourager par ses exhortations, et de soutenir par ses prières les combattants qui, par un effort héroïque, tentèrent, sous les ordres du chevalier de Lévis, un retour offensif contre Québec, et conquirent de nouveaux lauriers sur le même champ de bataille que celui du 13 septembre. Mais la ville ne put être emportée à défaut d'une artillerie suffisante, et surtout en raison de la faculté qu'avaient seuls les Anglais de se ravitailler. C'était, en somme, un échec, tout brillant qu'il pût être. — Il fallut rentrer à Montréal, où on trouva l'évêque au terme de ses longues souffrances, et auquel notre dernier insuccès sembla porter le coup mortel.

Le 19 mai, il adressa à ses chanoines les adieux les plus touchants et les avis que lui suggéraient les difficultés dont il prévoyait que sa mort serait le signal, en raison de la conquête.

Il rendit le dernier soupir le 8 juin 1760, à l'âge de cinquante et un ans, et fut inhumé, le 10, dans l'église paroissiale de Ville-Marie, à Montréal, église en laquelle fut prononcée son oraison funèbre, le 25 du même mois, par l'abbé Louis Jolivet, prêtre de Saint-Sulpice.

On peut dire de lui que ce fut, avant tout, un admirable Français, en même temps qu'un véritable saint, par ses travaux apostoliques, l'intégrité de sa vie, l'humilité et la charité sans bornes.

Sa mort était ainsi annoncée au comte de Névet, son frère, par le vénérable abbé de Mongolfier, l'un de ses grands vicaires :

« C'est avec la plus sensible douleur que je vous annonce la mort de feu Mgr Henry-Marie du Breil de Pontbriand, évêque de Québec, et votre illustre frère, arrivée le 4 juin dernier. Toute la Colonie s'attendait à ce coup, peut-être plus funeste encore que la révolution qui vient d'arriver dans son gouvernement, et bien plus irréparable...

« Cet illustre prélat est mort en saint, entre mes mains, et j'ai eu l'honneur et la douleur de lui fermer les yeux et de recevoir ses dernières paroles. De son vivant, il m'avait honoré de sa confiance et de la qualité de son grand vicaire, et, obligé de fuir Québec après la destruction et la prise de cette ville infortunée, il nous avait fait l'honneur de choisir notre maison pour venir y terminer ses jours languissants, qui lui annonçaient une fin prochaine, mais qui étaient encore, cependant, bien précieux à ce peuple qu'il aimait tendrement, et dont il était infiniment chéri et respecté. »

Un autre grand vicaire de l'évêque défunt, Pierre de la Rue, abbé de l'Isle-Dieu, en France, écrivait aussi ce qui suit à la supérieure des Dames de la Visitation de Rennes :

« Je ne puis assez vous dire, Madame, à quel point est ma juste et légitime douleur de la perte d'un ami aussi essentiel, pour qui mon

attachement et mon respect étaient sans bornes... Jamais personne n'a été plus regretté,
et n'a mieux mérité de l'être... aussi, tout son
diocèse en est dans une consternation générale ; et la Cour elle-même et le ministère de
la Marine sentent également la perte que
nous venons de faire d'un évêque digne des
premiers temps de l'Eglise, et qui a terminé sa
carrière sous le poids immense des travaux
apostoliques et des services rendus à l'Etat,
aussi bien qu'à la Religion, jusqu'au dernier
moment de sa vie... »

XX. — L'ABBÉ DE THEULLEY.

RENÉ-FRANÇOIS-MARIE du Breil de Pontbriand, était le second fils de François-Louis-
Mathurin, vicomte de Pontbriand et de la Caunelaye, et de Marie-Anne de Saint-Gilles, celle-ci
fille de Jean-Baptiste de Saint-Gilles-Perro-
nay, des sires de Saint-Gilles, et de Sainte-
Jeanne-Marquise du Guesclin, l'une des dernières
représentantes de cet illustre nom.

Né au château de la Caunelaye, le 9 avril
1721, il eut pour parrain René-François de
Saint-Gilles, seigneur de la Durantais, et, de

bonne heure, se destina à l'état ecclésiastique,
qu'il embrassa, semble-t-il, sous les auspices de
son oncle à la mode de Bretagne, Bertrand-
Jean-René du Guesclin, évêque de Cahors,
lequel, bientôt après, le choisit comme grand
vicaire, et le nomma grand archidiacre de son
église cathédrale. Il fut aussi prieur, seigneur
de Grandpont, et Monseigneur du Guesclin
étant mort en 1766, il lui succéda, comme
abbé commendataire de l'abbaye royale de
Theulley, ordre de Cîteaux, au diocèse de Dijon,
bénéfice considérable dont le revenu était
évalué à 8.000 livres.

Une lettre de la comtesse de la Garaye, du
mois de juin 1755, parle de lui, à cette époque,
comme s'il eût été déjà grand vicaire de Saint-
Malo. Cependant le Pouillé historique de l'archevêché de Rennes [1] ne le dit avoir été appelé
à cette fonction, par Mgr des Laurents, que le
17 février 1770, date peut-être plus vraisem-
blable, car la première supposerait qu'il aurait
pu cumuler les deux charges de grand vicaire
de Cahors et de Saint-Malo, et d'autant plus
que, comme grand vicaire de Saint-Malo, il lui
était assigné d'être en résidence à Dinan.

Quoi qu'il en soit, par la mort de son frère

1. T. I, p. 629.

aîné, Jean-Baptiste-Tanneguy, au mois de janvier 1767, l'abbé de Pontbriand se trouvait le chef de la seconde branche de sa famille (devenue bientôt l'aînée), et, en cette qualité, il donna partage noble à ses sœurs, par actes des 8 et 14 juillet 1768 ; mais par autre acte du 17 avril 1769, il voulut transférer à son frère cadet, Joseph-Victor, les charges familiales incompatibles avec le sacerdoce dont il était revêtu. Il fit donc, en sa faveur, démission de tous ses droits de propriété, titres et aînesse, afin de favoriser son établissement, mais il conserva la jouissance du château de la Caunelaye et la seigneurie de la paroisse de Corseul, paroisse dont les intérêts lui furent toujours chers, et qu'il n'oublia pas quand il voulut concourir, par un don de 10.000 livres [1], à la fondation du nouveau collège de Dinan, dû à l'initiative de Mgr des Laurents, dont il devait garder le nom. L'une des conditions de cette générosité fut, en effet, la réserve, au profit du donateur et de ses successeurs, à perpétuité, du droit de nommer à deux bourses pour des élèves de cette paroisse de Corseul, droit qui bientôt

1. Représenté suivant un acte du 26 septembre 1784, par la constitution d'une rente de 576 livres. Acte relevé par M. de l'Hommeau. (*Union Malouine et Dinannaise* du 10 août 1906).

vint à disparaître par suite des événements de la Révolution.

L'identité absolue de leurs prénoms a fait quelquefois confondre l'abbé de Theulley avec celui de Saint-Marien d'Auxerre, ou des Petits-Savoyards, quoique leur personnalité soit, en réalité, fort distincte.

Ce fut au château de la Caunelaye, que mourut le premier, le 25 décembre 1777, justement considéré comme le bienfaiteur insigne de la contrée.

XXI. — JOSEPH-VICTOR du Breil, comte de Pontbriand et de la Caunelaye, né au château de la Caunelaye, le 16 avril 1724, était le quatrième fils de François-Louis-Mathurin, et de Marie-Anne de Saint-Gilles, et resta le seul parmi les quatorze enfants nés dudit mariage, qui ait eu lui-même postérité masculine, celle-ci représentée aujourd'hui par tous les rameaux actuels de Pontbriand.

Entré page de Mgr le prince de Condé en 1738, il fut nommé cornette au régiment de Condé-cavalerie, le 14 août 1741, lieutenant, le

7 mai 1743, et peu après capitaine au régiment
de Lorraine, avec lequel il prit part à la bataille
de Fontenoy ; il fit ensuite les campagnes du
Hanovre, obtint la croix de Saint-Louis en
1759, et fut encore titulaire d'une pension de
600 livres, avant d'être rappelé dans ses foyers,
par la mort de son père et celle de son frère aîné,
pour y épouser demoiselle Agathe du Plessis
de Grenédan, cinquième fille de Charles-Marie,
marquis de Grenédan, et d'Elizabeth de Mon-
taudouin. On a vu comment son frère, l'abbé
René-François, lui avait abandonné, en vue de
cette alliance, tous ses droits d'héritier principal. Il faut ajouter que la mort de son cousin,
Claude-Toussaint-Louis, comte et marquis de
Pontbriand, le fit héritier, en 1781, de tous les
titres aînés de la famille, en même temps que, à
défaut d'autre succession territoriale, elle lui
transmettait, dans l'église Saint-Malo de Dinan,
les droits réservés par l'acte de vente du comté
de la Garaye, sur le magnifique enfeu, jadis celui
des Rohan, qui devait bientôt recevoir sa propre
cendre, et dont les restes dispersés [1], — super-
bes bas-reliefs en marbre d'Italie, — devraient
bien être revendiqués par nos aînés, comme

---

[1]. Les plus importants débris sont actuellement au musée de
Dinan.

l'ont été, avec beaucoup moins de droit, et avec
succès cependant, par la paroisse de Léhon, les
tombeaux des anciens Beaumanoir.

C'est cette même année 1781, que, par acte
du 24 mars, notre aïeul Joseph-Victor, voulut
s'associer à la belle œuvre de l'abbé de Kergu,
fondée à Rennes pour l'éducation de la noblesse
bretonne, et particulièrement de la plus dénuée
de ressources, acte par lequel il constitua une
rente de 1.000 livres au capital de 20.000, stipulant que lui-même et ses successeurs, à perpétuité, pourraient faire admettre deux membres
de leur famille à l'*Hôtel des Gentilhommes* ; mais
cette fondation, comme celle dont il a été question pour le collège de Dinan, est devenue
stérile par suite des événements de la Révolution.

Joseph-Victor était un homme éminemment
bon et vertueux, digne d'être proposé en
exemple à tous les siens, d'autant plus que ses
mérites étaient d'un ordre qui n'a rien d'inaccessible au plus grand nombre. Ses notes régi-
mentaires portaient, pour les années 1763-1764 :
« On en dit beaucoup de bien. Peu riche (il
était, en effet, à cette époque *quatorzième cadet*),
mais *fort rangé*. De la douceur dans les mœurs,

fait pour être conservé. *D'un bon exemple* » : ce qui s'accorde bien avec le témoignage que lui rend le comte Louis du Plessis de Grenédan, écrivant à son fils Marie-Ange (fils de Joseph-Victor), à l'occasion de son mariage : « Vous portez le nom, et vous promettez de nous rappeler les mœurs de votre père, *le meilleur des hommes que j'aie connus*, et peut-être *le plus propre à faire le bonheur d'une famille.* »

Décédé à Dinan, le 19 octobre 1784, père de six fils et de deux filles, les premiers desquels avec nombreuse postérité, et inhumé, comme on l'a dit, à l'église Saint-Malo, dans l'ancien enfeu de la Garaye ou de Rohan, passé aux Pontbriand.

CHAPITRE IV

Derniers temps

XXII. — LE COLONEL DE PONTBRIAND.

TOUSSAINT-MARIE du Breil, vicomte de Pontbriand, troisième fils du comte Joseph-Victor,
qui précède, et d'Agathe du Plessis de Grenédan, était né à Dinan, le 2 septembre 1776. —
Associé, avant quinze ans, à la grande coalition
bretonne de la Rouërie, il était allé, pour le
service de la cause royale, rejoindre, en Angleterre, ses deux frères aînés émigrés précédemment; mais, arrêté en voulant rentrer en France,
à la fin de 1791, et détenu longuement à Saint-
Malo, puis à la tour de Solidor à Saint-Servan, il
fut près de faire connaissance avec la guillotine,
lorsqu'un bienfaiteur, resté inconnu, le sauva
en lui procurant un engagement, sous un nom
supposé (celui de *le Breton*), dans un régiment
de hussards. Il y servit un certain temps, et

8

parvint à rentrer en Bretagne au commencement de 1793, avec l'intention de se joindre aux partis royalistes, actifs alors surtout dans le pays de Fougères et de Vitré. Il se fit connaître là des anciens soldats de Jean Chouan, et fut chargé par le chef de division Couës-bouc, sous l'autorité supérieure de du Boisguy, de commander le canton d'Argentré, auquel restèrent jointes, sous lui, plusieurs paroisses du Bas-Maine.

Si nous avions l'intention de donner sa biographie tant soit peu complète, il faudrait rappeler nombre d'affaires importantes, auxquelles, à partir de ce moment, il eut une part très principale, et dont il fut plus tard l'historien, telles entre autres, dans le pays de Vitré, celles de Cantache, Pintourteau, la Gravelle, Champeaux, le Boisbide, Dourdain, la Chapelle-Erbrée, Bais, Bourgon, le Rocher-de-Malnoë, Bréal, Saint-M'Hervé, Juvigné, Piré, Toucheneau, etc.; plusieurs autres encore où il seconda du Boisguy à Fougères; il faudrait montrer ses soins industrieux, pour subvenir aux besoins de ses troupes, sa vigilance, et au besoin sa sévérité, pour empêcher la licence de s'introduire dans leurs rangs; il faudrait le dépeindre surtout avec la valeur entraînante

qui animait les courages, l'inépuisable bonté
qui lui gagnait tous les cœurs, la bonne
humeur même et la gaîté, toujours précieuses
chez un chef de partisans pour soutenir le
moral de ses compagnons.

Ainsi parvint-on à travers des succès divers,
mais généralement favorables au parti royaliste,
au terme de la lutte engagée depuis trois ans,
lutte qui ne pouvait plus se poursuivre, après
l'écrasement de la Vendée. La paix de 1796 fut
signée par les chefs de Fougères et de Vitré,
dans les derniers jours du mois de juin.
Elle permit à Pontbriand de se constituer un
foyer digne de lui, en épousant, le 2 septembre
de cette année, le jour même où il atteignait sa
vingtième année, Mademoiselle Colette-Apol-
line Picquet du Boisguy, la sœur de son ami,
le vaillant général du Boisguy.

Lors de la tentative suprême de 1799, ce fut
dans les Côtes-du-Nord que l'ancien chef de
Vitré fut chargé de lever le drapeau royaliste,
comme colonel chef de la division de Dinan.
Il y combattit jusqu'au 13 février 1800,
pour rentrer ensuite dans ses foyers, après
avoir refusé noblement, ainsi que son beau-
frère, le général du Boisguy, les propositions
faites à tous les deux par le Premier Consul,

pour servir, avec leurs grades, sous le drapeau tricolore.

La Restauration vint apporter du moins, au royaliste fidèle, la confirmation de son grade de colonel, et les *Cent jours* l'occasion de reprendre encore une fois les armes, pour la cause royale. Réguliers, Gendarmes et Fédérés, durent être réduits ou contenus par des efforts sérieux, et peu s'en fallut que Pontbriand, après avoir rétabli le drapeau blanc dans le reste du département, ne fût obligé de livrer un assaut pour faire rentrer les Royalistes dans la ville de Dinan. Une ordonnance du 25 août 1815 coupa court au scandale de cette résistance à la seconde restauration, en lui donnant la mission officielle d'organiser la *légion des Côtes-du-Nord*, dont il fit bientôt une des meilleures de l'armée, mais, poursuivi par les intrigues anti-royalistes, il fut, au commencement de 1816, subitement enlevé à ce commandement et appelé à aller prendre celui de la légion du Jura, disgrâce qu'il refusa d'accepter, lui préfé-rant un obscur commandement dans le service de l'état-major des Places. C'est peu après que nous le trouvons rentré dans ses foyers, et nous avons été longtemps sans nous l'expliquer, avant que les pages d'un journal, soigneuse-ment tenu par lui, nous aient montré, sans doute possible, de quelles machinations il avait été l'objet, et comment les meilleurs royalistes pouvaient être traités en *ennemis* par le *gouvernement royal*. C'est ce qui nous fait nous arrêter aujourd'hui sur cet incident bizarre, un peu en dehors de notre sujet, que nous n'avions pas été en mesure d'approfondir précédemment.

Il était donc, au mois de mai 1817, colonel, lieutenant de Roi, à l'île de Rhé, sous le commandement supérieur du général d'Ordonneau, soldat des armées impériales, le lieutenant-général comte Rivaud, étant commandant supérieur à La Rochelle. C'était le temps des complots de Lyon, Grenoble et plusieurs autres. Or, à l'île de Rhé, le général d'Ordonneau était absent, et toutes les responsabilités incombaient à Pontbriand. Il note dans son journal, à partir du 21 mai, de nombreux signes d'insubordination, cris et discours séditieux, dans les deux bataillons coloniaux stationnés dans l'île; puis ce sont des désertions presque quotidiennes. Un soldat déclare qu'il existe un complot dans son bataillon, que plus de trois cents hommes y sont affiliés; qu'on devait assassiner d'abord le capitaine commandant, même tous les officiers royalistes, et qu'il y en avait encore « d'autres *de plus grands* », qui devaient avoir le même sort. Les

chefs du complot sont désignés et interrogés;
l'un d'eux reconnaît qu'on annonce journellement le retour de Bonaparte et une prochaine
révolution. Un rapport sur cette situation et
affaires connexes est envoyé, le 23 juin, au lieutenant-général et au ministère; cependant les
désertions ne cessent pas. Une surveillance
rigoureuse est prescrite, et plusieurs soldats
suspects sont désarmés.

Le 17 juillet, rentrée du général d'Ordonneau. Il prétend qu'on a dénoncé au ministre
de la guerre le mauvais esprit des troupes et des
habitants.

Les jours suivants, le bruit de cette prétendue dénonciation se répand; on en accuse le
maire et plusieurs notables, ainsi que M. de la
Garlière, commandant des gardes nationales.
On attribue au général d'avoir dit que, sans son
intervention, six mille hommes de troupes
étrangères auraient été envoyés dans l'île et
logés chez les habitants.

Un certain commandant Poinsignon, dans
tout le cours de cette affaire, se distingue par
la mauvaise volonté et son insolence à l'égard
des autorités, particulièrement du colonel de
Pontbriand.

Le 28 « écrit au général d'Ordonneau pour
lui demander la punition de cet officier.

Le général m'a refusé toute satisfaction[1]. »

Le 1ᵉʳ septembre, départ en congé : « Je me suis rendu à la Rochelle. Je suis allé voir M. le lieutenant-général comte Rivaud et lui porter ma plainte contre le chef de bataillon Poinsignon. Le lieutenant-général m'a dit qu'il regardait cet officier comme très coupable et qu'il le ferait punir sévèrement. »

Le 3, « parti en poste pour Saint-Fulgent, et le lendemain je suis arrivé à la Rabatellière, chez Mᵐᵉ de Martel, ma cousine. »

Le 10, « J'ai reçu de l'île de Rhé copie d'une lettre de Son Excellence le ministre de la Guerre au maire de la Flotte, qui dément de la manière la plus formelle les prétendues dénonciations dont avait parlé le général d'Ordonneau, *et dont il avait partout publié la nouvelle, afin de perdre les maires, les Royalistes de l'île et particulièrement moi, dans l'esprit des populations,* »

Le 30 octobre, « J'ai appris que le général d'Ordonneau avait fait contre moi de violentes plaintes; qu'il m'avait accusé, auprès du ministre, pour les mesures que j'avais prises afin de prévenir l'insurrection du bataillon de Belle-Isle ; qu'il avait dénaturé les faits ; qu'enfin, je

---

1. Du *Journal de Pontbriand*, ainsi que toutes les citations qui suivent.

devais entrevoir que je serais changé dans peu de temps. »

2 novembre, retour dans l'île, « et, le 3, j'ai repris le commandement de la place. »

« J'ai reçu une lettre de Paris m'annonçant que je suis remplacé par le colonel Contréglise et renvoyé en disponibilité. »

Le 5, « j'ai reçu une lettre du ministre qui me le confirme officiellement. »

« J'ai trouvé, à mon arrivée, plus de la moitié des officiers qui ont servi le Roi dans les gardes du corps ou à l'armée royale en prison ou aux arrêts ; une partie y ont passé presque tout le temps de mon absence[1]. »

Le 7, « j'ai écrit à M. le lieutenant-général pour lui demander l'autorisation de remettre le commandement à M. le major, et depuis, j'ai cessé d'aller chez le général d'Ordonneau. »

Le 12, « j'ai reçu cette autorisation, et j'ai aussitôt remis par un ordre de la place, mon commandement. »

Voilà donc ce qu'avait valu à Pontbriand son zèle pour le service du Roi. A partir de

---

1. Un de ces officiers particulièrement dévoué à Pontbriand, avec qui il entretenait une correspondance assidue, était un ancien volontaire royal de la division de Dinan. Il signait : *le chevalier Fustel de Coulanges*. C'était le père de l'illustre publiciste de notre temps.

1817, il était en *disponibilité* (et ce qui précède
nous dit pour quelles causes) ; il ne faut pas
voir autre chose dans sa retraite à cette époque.

Cependant, aux premiers bruits de la guerre
avec l'Espagne, il se sentit de nouveau impa-
tient de son repos et demanda à reprendre du
service. On le lui accorda, et il put faire
encore brillamment cette dernière campagne
de la Royauté. Chargé par le duc de Reggio du
commandement militaire de la ville de Tolède,
et laissé presque seul dans cette grande cité,
au moment où les passions populaires, sous
le couvert d'un faux loyalisme, la menaçaient
des plus grands excès, il parvint à y maintenir
l'ordre et à sauver les détenus politiques, en
veillant lui-même à la garde des prisons.
Nommé ensuite gouverneur de l'île de Léon,
près Cadix, il y resta jusqu'à la fin de l'occupation
française au mois de juin 1828. Rentré alors
dans la vie privée sans autre récompense que
quelques décorations nouvelles de France et
d'Espagne, il resta toujours le colonel de
Pontbriand, *le bon colonel*, comme on l'appelait
depuis trente ans et nous répéterons ce que nous
avons dit déjà précédemment[1] : « C'était certes

1. *Mémoires du Colonel de Pontbriand*. Plon et Nourrit, 1897.
Préface.

à bon droit qu'on l'appelait ainsi, car, de tout temps, il s'était fait aimer et bénir dans le pays qu'il habitait, comme à la tête de ses soldats ; mais les années de sa retraite (1828-1844), montrèrent plus particulièrement que, chez lui, l'homme de bien égalait au moins le preux. Aujourd'hui même, on n'a point encore oublié cette loyale et chevaleresque figure, cette parole un peu haute, mais si franche, si cordiale à tous, si pleine à la fois d'une spirituelle bonhomie et d'une courtoisie exquise, et surtout, le temps n'a pas altéré le souvenir de son incomparable charité, qu'il exerçait avec le cœur et sous toutes les formes. Non seulement, en effet, il prodiguait les aumônes et les consolations à tout ce qui souffrait autour de lui ; non seulement il était l'*ami* des humbles et des déshérités, mais il se plaisait encore à recueillir au château de la Ville-robert, les malades les plus abandonnés, les plus désespérés de la contrée ; il les soignait de ses mains avec un habile et infatigable dévouement, et, pour beaucoup, il obtenait des résultats presque merveilleux ; ce qui faisait dire à un préfet de son département, en réponse à une dénonciation portée contre lui après 1830 : « Que n'avons-nous un plus grand nombre d'ennemis comme celui-là ! »

Ajoutons que l'exercice incessant de la charité et les œuvres de piété, n'avaient pas tellement absorbé ses dernières années qu'il n'y trouvât le temps nécessaire pour rassembler des souvenirs précieux au point de vue historique. Souvenirs « où l'auteur s'est attaché avec un soin minutieux à faire connaître la part que chacun de ses compagnons avait prise aux affaires dans lesquelles ils avaient figuré ensemble [1]. »

Inutile de dire que sa mort, survenue le 20 février 1844, fut un deuil public que reflétèrent ses obsèques, célébrées le 22 du même mois, dans l'église de Pluduno.

XXIII-XXIV. — MON GRAND-PÈRE ET MA GRAND'MÈRE.

MARIE-ANGE du Breil de Pontbriand, mon grand-père, plus particulièrement connu, entre ses frères, sous le nom de *M. du Breil*, était le quatrième fils du comte Joseph-Victor, et fut l'auteur du troisième rameau de notre famille, parmi ceux qui subsistent aujourd'hui.

Né à Dinan le 19 septembre 1777, il fut incarcéré, sous le Directoire, en vertu de la loi des Suspects, et prit part ensuite aux der-

1. P. LEVOT, *Bibliographie bretonne.*

niers soulèvements royalistes dans la division
de Dinan, commandée par son frère, le vicomte
Toussaint de Pontbriand. Il soutint notamment, avec une intrépidité rare, une attaque
dirigée, le 22 janvier 1800, contre le quartier
général de la Caunelaye, et réussit avec une
poignée d'hommes, et l'aide de son jeune frère
Joseph, à percer les lignes ennemies et à sauver
les armes de la division.

Il fut depuis membre du Conseil général des
Côtes-du-Nord, de 1816 à 1830, et, vivement
sollicité par les royalistes de droite d'accepter la
députation dans le pays, il déclina cette offre,
malgré la certitude presque absolue du succès,
dans la crainte de causer des divisions fâcheuses.

Chrétien des plus fermes et des plus fervents,
Marie-Ange ne cessa de se montrer tel durant
toute sa vie, non moins exemplaire que la
compagne à laquelle il s'était uni, le 16 septembre 1800, Marie-Anne-Perrine-Caroline du
Plessis de Grenédan, celle-ci femme à la fois
d'un esprit supérieur et de la plus haute vertu [1].

Dans sa jeunesse, et antérieurement à ce

1. J'ai retrouvé, dans d'anciennes correspondances, trace d'un
petit fait témoignant combien mon grand-père et ma grand'-
mère étaient unis, quasi jusqu'à l'exagération, dans certains
scrupules d'équité. Il s'agissait de paiements faits pendant la
Révolution, en monnaie courante de l'époque, c'est-à-dire en

qu'elle appelait sa *conversion*, c'est-à-dire jusqu'à l'année qui précéda son mariage, elle avait
été fort éprise de littérature, surtout de poésie,
faisant elle-même de très remarquables vers ;
occupation qu'elle regarda bientôt comme une
futilité, et dont elle se crut obligée de faire en
quelque sorte pénitence, n'y voyant plus que
des « chimères romanesques », dont elle se
reprochait de s'être alimentée jusque-là. Elle
en fut tirée par une amie incomparable, qui
s'était fait des scrupules semblables sur une
jeunesse qu'elle estimait aussi avoir été trop
frivole, amie qui n'était autre que Julie de
Chateaubriand (Madame de Farcy de Mont-
vallon), l'admirable sœur de l'auteur du *Génie
du Christianisme*, lequel nous l'a dépeinte dans
ses *Mémoires d'Outre-Tombe*, d'après un manuscrit de Madame du Breil, qui s'y trouve en
grande partie reproduit, et dont le vénérable
abbé Carron avait déjà tiré les éléments d'une
édifiante monographie [1].

assignats ; or la conscience de l'un comme l'autre de mes
grands parents s'en trouvait chargée et ne se crut libérée que
moyennant des quittances que j'ai eues sous les yeux pour des
paiements supplémentaires, que non seulement leurs prétendus
créanciers ne leur réclamaient nullement, mais qu'ils tenaient à
faire constater leur avoir été faits à leur corps défendant.

1. *Vies des Justes dans les plus hauts rangs de la société*, par
l'abbé CARRON, Paris, Rusand, 1817, t. IV.

« Peu de mois avant de mourir, dit l'illustre auteur dans les pages qu'il consacre à sa vertueuse sœur, elle venait de contracter, avec une jeune personne de son pays, une liaison qui fut précieuse à l'une et bien douce à l'autre. C'est d'un petit manuscrit intitulé : *Mes Souvenirs de Madame de Farcy*, et que nous avons entre les mains [1], que nous recueillons de nouveau la manière ingénieuse et triomphante dont celle de qui nous écrivons la vie faisait des conquêtes à la vertu [2]. »

Or ce même manuscrit est bien celui que nous a laissé ma grand'mère, et dont nous pouvons comparer le texte littéralement conforme avec celui des *Mémoires d'Outre-Tombe*. — Remarquons seulement que ceux-ci débutaient ainsi dans les citations tirées des *Souvenirs de mon aïeule* : « La nouvelle amie de Julie la met en scène avec elle et retrace fidèlement leur conversation. » Mais ils continuent *(les Mémoires d'Outre-Tombe)* : « Lorsque j'eus le bonheur de la connaître, nous raconte *une de ses*

1. C'est Chateaubriand qui parle.
2. *Mémoires d'Outre-Tombe*, par CHATEAUBRIAND, t. VI, p. 935 et suiv. Edition Boulanger et Legrand. Paris, rue Monsieur-le-Prince, 28, près le Luxembourg. Tout ce qui concerne la biographie de Madame de Farcy est compris entre les pp. 387 et 404.

autres amies... » Or c'est toujours notre même petit manuscrit des *Souvenirs*, et par conséquent la même amie, qui se trouve ainsi avoir été dédoublée sans raison.

Ce fut seulement au commencement de 1799, que Mademoiselle du Plessis connut « l'inappréciable amie » qu'elle eut le regret de perdre six mois plus tard : « La mort, nous dit-elle; m'ôte en elle le plus aimable et le plus utile appui. Que ne puis-je maintenant recueillir chaque mot sorti pour moi de sa bouche ! »

Rappelant ces paroles, dans sa propre biographie de Mme de Farcy, l'abbé Carron dit à son sujet : « L'amie de Mme de Farcy se promettait de les consulter souvent (ces souvenirs) et de les faire comme sortir de la tombe pour l'interroger, pour l'étudier, et pour se diriger par ses conseils. Eh bien ! *cette femme généreuse* s'est tenu parole à elle-même. Voilà dix-huit ans qu'elle pleure sa vertueuse amie ; l'ombre éloquente de Julie ne l'a point quittée; elle l'accompagne partout, elle est à côté d'elle dans ses appartements ou dans la société. Epouse et mère, elle fait partager à tout ce qui l'entoure le fruit de l'impression durable qu'a produite sur elle la courte, mais si belle carrière qui est devenue pour elle un évangile vivant et celui de sa jeune famille. Disons tout : Julie n'est pas morte : elle revit tout entière : elle vivra toujours, au moins dans ce petit groupe de vrais amis attachés à tous ses pas, à tous ses sacrifices et à toutes ses vertus, pour les retracer fidèlement dans leur personne [1]. »

Mariée, comme nous l'avons dit, à quelque temps de là, elle (Mlle du Plessis) fut une épouse et une mère de tout point admirable, malgré les tribulations d'une santé déclinante, qui contrarièrent trop souvent son activité physique.

Il lui fut réservé, du reste, pour ses dernières années, une amie, entre plusieurs autres, dont certains traits rappellent celle qu'elle avait trouvée pour orienter sa jeunesse.

Mademoiselle Anne-Charlotte-Marie de Cornulier-Lucinière, dite *Ninette* dans l'intimité, avait été formée aux leçons du vertueux abbé Carron, durant son émigration en Angleterre, et n'était rentrée en France, en même temps que lui, qu'à la première restauration, pour s'associer à ses œuvres de tout genre.

Nous ne savons pas exactement quel fut le principe de cette intimité, mais il est certain que la correspondance qui s'en suivit n'attendit

1. ABBÉ CARRON, *Supplément aux Vies des Justes*, t. IV, p. 440.

pas le retour en France de Mlle de Lucinière et se poursuivit sans interruption tout le temps de la vie de ma grand'mère. A sa mort survenue à la Brousse, le 21 janvier 1832, le comte Louis du Plessis de Grenédan, son frère, qui avait toujours professé pour elle un véritable culte, et dont le rôle est bien connu, d'ailleurs, dans les Chambres de la Restauration, pensa à faire revivre sa mémoire, et écrivait dans cette intention à l'amie de ma grand'mère : « Mon cœur se plaît à s'épancher avec vous, parce que je sais combien elle vous était chère. Elle m'appelait *l'ami du cœur* ; elle m'a fait l'exécuteur de ses dernières volontés et le dépositaire de ses plus secrètes pensées... Sur son tombeau on établira une pierre tombale, surmontée d'une croix. Mais je veux élever un autre monument à sa mémoire. Je recueille ses lettres dans ce dessein ; réunies à quelques écrits excellents que j'ai trouvés dans ses papiers, elles formeront un ouvrage cher à la Religion et aux Lettres ; car tout ce qui est sorti de sa plume porte l'empreinte du goût, du sentiment, de la raison et de la piété.

« Si vous voulez bien me seconder, Mademoiselle, j'oserai vous demander, entre les lettres qu'elle vous a écrites, celles qui pourront m'être communiquées... » A quoi Mlle de

Lucinière répondait, dès le 6 février : « Oui, Monsieur, je vous envoie ce qui me reste de ces précieuses lettres de l'amie la plus chère et la plus intime. Vous y trouverez bien des lacunes, et en voici la raison... Oh ! que je les regrette ces feuilles ! Car si j'avais prévu le malheur de survivre à *cette femme angélique,* j'aurais voulu tout conserver ; mais j'étais bien loin de le prévoir... J'ai brûlé avec soin tout ce qu'elle m'a adressé depuis la dernière révolution, dans la crainte de visites importunes..... Je regrette infiniment celles que j'avais reçues en Angleterre lors de la révolution de 1814, et celles qui suivirent cette époque, à l'exception de deux ou trois... Le retour subit de Bonaparte me porta à les détruire. Nous étions tous saisis d'une terreur panique...

« J'espère cependant, Monsieur, que vous serez satisfait de ce que je vous envoie, tant pour le nombre que pour ce que ces lettres renferment de religieux et d'admirable.

« Quelle amie nous avons perdue ! Jamais je ne m'en consolerai...

« Pauvre Caroline, non, non, jamais je ne t'oublierai. Tes enfants me seront toujours chers. Ton frère sera le mien. Puissions-nous nous retrouver bientôt pour ne plus nous quitter !... »

M. du Plessis n'ayant pas réalisé, à notre connaissance, son projet de biographie fraternelle [1], notons quelques-uns des opuscules auxquels il faisait allusion, de ceux au moins que nous avons retrouvés dans l'exploration de ces *reliquiæ* :

Ce sont d'abord les souvenirs des relations de sa sœur avec Madame de Farcy (*Mes souvenirs de Madame de F...cy de M...on*), dont on retrouve la substance, comme nous l'avons dit, dans l'ouvrage de l'abbé Carron et dans les *Mémoires d'Outre-tombe.*.

Sous le titre de *Petit memento spirituel*, des réflexions pratiques touchant l'avancement dans la piété.

Conseils à ses enfants. Sorte de testament daté de la dix-neuvième année de son mariage.

Méditations sur le Stabat, pour les différents jours de la semaine sainte.

Exhortation pour la première communion, probablement à l'un de ses enfants.

Conseils à deux nouveaux époux, qu'elle composa peut-être aussi à l'occasion du mariage de sa fille, quoiqu'elle semble les donner comme un emprunt fait à une autre plume que la sienne.

---

1. Soit par suite d'autres travaux, soit par suite de pénibles soucis de vieillesse.

Notes sur un voyage à Bamberg, pèlerinage
qu'elle fit avec son mari, aux mois de mars et
d'avril 1822, pour conduire au prince-abbé
Alexandre de Hohenlohe, l'illustre thaumaturge
bien connu, un de ses frères et une de ses filles,
tous deux menacés de perdre la vue, voyage
qui, du reste, n'obtint pas pleinement la grâce
demandée, malgré la foi des pèlerins.

Non moins édifiantes que ces petits ouvrages, étaient les lettres conservées par ses enfants,
adressées soit à eux-mêmes, au cours de leur
éducation, soit à ses proches parents et principalement à son frère, le comte Louis du Plessis,
sans parler des amies très intimes, parmi lesquelles, en premier rang, Mademoiselle de Lucinière, et aussi Mademoiselle du Sel des Monts,
à laquelle l'unissaient une confiance et une
affection presque égales.

Ma grand'mère n'avait pas cessé d'avoir à
cœur, ainsi que son mari, une double fondation
par laquelle tous les deux se promettaient de
subvenir aux plus pressants besoins des pauvres malades de leur paroisse de Saint-Potan, et
surtout d'assurer aux enfants de cette même
paroisse une instruction alors peu répandue,
instruction, bien entendu, chrétienne avant

tout, et gratuite dans la mesure où la situation
des parents pourrait le requérir. Ils avaient
commencé par acquérir au bourg de Saint-
Potan, le 17 décembre 1831, une maison qui
fut le principe de cette fondation, et qui devait
en constituer la première dotation ; mais l'œuvre reçut bientôt des développements et une
pleine existence. Au lendemain de son veuvage,
et dès l'année 1832, mon grand-père parle de
« biens réservés pour l'œuvre que Mme du Breil
m'a recommandée dans son testament, et qui va
prochainement recevoir son exécution. » En
effet, suivit bientôt un acte en forme, avec
approbation de l'autorité épiscopale [1], portant,
d'une part, l'engagement par la Congrégation
des *Filles du Saint-Esprit*, d'entretenir, à Saint-
Potan, à perpétuité, *trois* religieuses de l'ordre,
pour soins, remèdes et aliments à fournir aux
malades pauvres de la paroisse, et celui de tenir
une école de filles et de garçons, gratuite pour
les malheureux ; de l'autre, cession à ladite congrégation d'une maison sise au bourg de Saint-
Potan, appropriée et aménagée pour cet usage,
et comprenant toutes les dépendances nécessaires, ainsi qu'un mobilier, fonds de lingerie,

1. Le premier acte proprement dit à ce sujet est du 20 février
1834.

etc., d'une valeur de deux mille et quelques
cents francs (2.478 fr. 30), plus d'une pièce de
terre, dite le Clos Tellière, de 1 hectare 16 ares
50 centiares, enfin constitution d'une rente
annuelle de 750 francs, au capital de
15.000 francs, le tout à charge de retour aux
héritiers du Breil de Pontbriand, en cas de sup-
pression de la congrégation des Filles du Saint-
Esprit, ou d'inexécution des charges consenties
par ladite congrégation.

Diverses formalités et exigences, tant de
l'administration que de l'autorité académique,
prolongèrent jusqu'au 21 janvier 1860, les délais
durant lesquels les conditions ci-dessus furent
exécutées en fait, mais sans reconnaissance
légale définitive, après quoi seulement, inter-
vint l'autorisation officielle, suivant acte renou-
velé à la date susdite, au nom de Mademoiselle
Marie-Anne du Breil de Pontbriand [1], l'une des
héritières des fondateurs. Mais, entre temps,
une nouvelle donation de mon grand-père, en
date du 12 février 1853, assurait à la fabrique
de l'église de Saint-Potan tous les terrains

---

1. Des arrangements particuliers entre tous les frères et sœurs
avaient mis finalement à la charge nominale de celle-ci
(Mlle Marie-Anne) toutes les fondations paternelles. Ce fut un
prétexte qu'on opposa dans ces dernières années aux revendi-
cations de la famille, et qui même permit à l'État spoliateur
de voler une seconde fois ce qui l'avait été déjà une première.

nécessaires pour l'édification d'un presbytère et de ses annexes, construction à laquelle lui-même se hâtait de faire procéder, tant de ses deniers que comme trésorier de la même fabrique.

Ce fut sa dernière œuvre de bienfaisance d'un caractère général, car, après nombre d'autres, continuées durant toute sa vie, à titre privé, il mourut pieusement au château de la Brousse, le 23 mars 1856.

XXV-XXVI. — MON PÈRE ET MA MÈRE.

Mon père, ANGE-MARIE-XAVIER du Breil de Pontbriand, né à Dinan, le 13 novembre 1809, des vertueux parents dont la notice précède, fit de brillantes études au collège ecclésiastique de Dinan, dit des *Cordeliers*, puis au petit séminaire de Sainte-Anne d'Auray, tenu alors par les Pères Jésuites.

Il se destinait à la carrière diplomatique dont l'entrée lui était assurée par le chef du ministère, M. de Polignac, lorsque éclata la révolution de 1830. Il n'en poursuivit pas moins ses études de droit, et obtint le diplôme de licencié, le 9 août 1831.

A défaut d'une carrière qui lui demeurât ouverte, en raison des événements politiques, il vécut ensuite dans sa famille, jusqu'au mariage qu'il contracta, à Laval, le 27 novembre 1836, avec Mademoiselle Marie du Bourg.

Celle-ci, comme ses deux sœurs, élève du célèbre couvent des *Oiseaux*, qui forma tant de jeunes personnes à la vertu et à la piété, y avait contracté de précieuses amitiés, entre lesquelles j'ai toujours retenu, comme particulièrement cher à ma mère, le nom de Mademoiselle Maria de la Fruglaye. — Elle avait apporté à son mari la terre de la Chaussée et diverses autres près de Vitré, où le jeune ménage commença par fixer sa résidence habituelle, sans abandonner toutefois la terre patrimoniale de la Brousse-Briantaye. C'est là que se passèrent, non sans quelques intermittences de retour à la maison paternelle, une douzaine d'années, dans l'exercice d'une bienfaisance restée légendaire dans cette contrée ; celle de ma mère, surtout, jointe à la plus haute piété, lui a valu une vénération dont les sentiments ne sont point effacés. Mais sa santé, altérée de bonne heure par des couches multipliées, ne permettait pas d'espérer qu'elle vécût de longs jours.

On la transporta à Rennes, au commencement de 1850, dans la pensée qu'elle fût plus à portée de toutes les ressources de la science, mais ce fut pour l'y voir mourir bientôt, le 15 avril 1850, dans des sentiments qui édifièrent tout ce qui l'entourait. Mon père m'a souvent redit qu'à ses derniers moments, elle semblait absorbée dans un avant-goût de la patrie céleste, et ne cessait de répéter quand on voulait la ramener aux choses de la terre : « Laissez-moi avec ma bonne mère »; comme si la vierge Marie eût été dès lors en communication avec elle. Elle fut inhumée dans le cimetière de Saint-Jean-sur-Vilaine, où l'on m'a assuré que sa tombe est encore souvent visitée comme celle d'une sainte, et j'ai lieu de croire que c'est ce qui, dans la suite, a toujours empêché mon père de faire transférer ses restes dans la sépulture qu'il avait choisie pour la sienne, auprès de tous ses parents à lui-même, dans la paroisse de Saint-Potan.

Revenant à celui-ci, après la révolution de février 1848, il fut appelé par un vote *unanime*[1] à la mairie de Saint-Jean-sur-Vilaine, puis au conseil d'arrondissement de Vitré, et, bientôt, au conseil général d'Ille-et-Vilaine, pour le canton de Châteaubourg; mais, sur les instructions,

---

[1]. Il est assez remarquable que, dans cette commune, jamais le suffrage d'un seul électeur ne lui a fait défaut.

plus ou moins heureusement inspirées du
comte de Chambord, représentant pour lui
l'autorité indiscutable, il abandonna ces dernières fonctions en 1852.

Il avait, du reste, dès lors, transporté son
domicile le plus habituel dans sa propriété des
Côtes-du-Nord ; aussi c'est dans cette région,
comme il avait déjà fait dans celle de Vitré, qu'il
s'occupa de donner des soins assidus aux amé-
liorations agricoles, auxquelles il attachait non
moins d'importance pour le bien général que
pour son intérêt propre, présidant successivement les comices agricoles de Châteaubourg
(Ille-et-Vilaine), et de Matignon (Côtes-du-
Nord), et prenant toutes les initiatives utiles
aux progrès qu'il s'efforçait de promouvoir
autour de lui. C'est dans ce même but qu'il prit
celle de la construction, par actions, du pont
monumental du Guildo, immense bienfait pour
le pays, jusque-là déshérité de toute communication en ce point si important, et qu'il s'unit à
plusieurs hommes de bien, notamment ses amis
MM. de Kerdrel et Louis de Kerjégu, pour faire
revivre l'ancienne *Association bretonne*, tombée
par l'hostilité du gouvernement impérial, œuvre à laquelle il coopéra, dès le principe, comme
trésorier général, et qui devint bientôt floris-
sante, sans que les circonstances politiques lui

aient permis d'atteindre tout ce qu'en attendaient ses nouveaux fondateurs.

Entre les œuvres charitables qui lui sont
dues, mon père compléta la fondation de ses
parents à Saint-Potan, en pourvoyant, par de
nouveaux édifices construits par lui, au dédou-
blement de l'école, — précédemment école
mixte, — édifices comprenant les bâtiments
aujourd'hui affectés aux classes de l'école religieuse des filles, et celui qu'occupe l'école libre
des garçons. Il fondait également, dans la
paroisse de Saint-Jean-sur-Vilaine, une école
religieuse (école mixte dans le principe) qui
devait être dirigée par des institutrices congré-
ganistes, et qu'il dota d'une rente annuelle de
250 fr., au capital de 5.000 fr., ayant soin d'indi-
quer, dans ses dernières volontés, qu'une partie
des sommes affectées à ces différentes œuvres
lui ont été remises à titre de fidéi-commis, et
en confiant lui-même, au même titre, la continuation aux uns ou aux autres de ses enfants,
avec liberté pour ceux-ci et leurs successeurs,
d'affecter, dans la suite, à une destination pieuse
ou charitable, ce qui pourrait leur revenir pour
eux-mêmes, en vertu de ce principe, et suivant
l'emploi qui leur paraîtrait le plus utile et le
plus convenable, selon les circonstances.

Mon père était essentiellement un homme pratique, et, dans ce qui regardait ses œuvres même de bienfaisance, il tenait à leur assurer le maximum d'effet utile et surtout de durée, en prenant toutes les précautions que pouvait suggérer une prévoyance éclairée, précautions qui furent quelquefois à peine suffisantes devant l'astucieuse invention des adversaires de toute idée chrétienne.

On ne doit pas oublier, quant au bien qu'il a fait et aux services qu'il a rendus à toutes les heures de sa vie, les jeunes parents dont il assuma, à différentes fois, la tutelle, sans regarder à sa peine, prodiguant ses soins à leur éducation, à leur établissement, à la gestion de leurs biens et à la sauvegarde de tous leurs intérêts ; ceux dont il accepta de faire exécuter les dernières volontés, ou de régler les différends, arbitre toujours respecté ; ceux enfin qu'il aida de ses conseils et de ses lumières, dans leurs affaires de tout genre, tant dans le cercle de sa famille qu'en dehors d'elle et à tous les degrés de l'échelle sociale.

Ainsi arriva-t-il au terme de sa carrière, éprouvé, dans les dernières années, par de pénibles infirmités, mais, malgré cela, toujours actif, car, ayant à peu près perdu l'usage de ses membres, huit jours encore avant sa mort, il se faisait porter à bras, sur son domaine, pour y veiller à des travaux agricoles qui n'avaient pas cessé de l'intéresser. C'est là qu'il fut frappé par une crise qui l'emporta le 1er juillet 1888.

Il était à l'agonie, touchant à son dernier soupir, quand, d'une voix faible et entrecoupée, paraissant sortir comme d'un rêve, il m'appela au milieu de la dernière nuit, pour me dire ces paroles suprêmes que j'ai recueillies sur l'heure: « A tous ceux qui ne sont pas là, à tes enfants, à tes frères par le sang ou par l'amitié... tu rediras... qu'ils restent toujours fidèles... à Dieu... au Roi... à la Patrie... à la Religion ; chrétiens fermes... inébranlables... » *Inébranlables*, repris, cette fois, d'une voix vibrante, extraordinairement forte, que je n'oublierai jamais ; puis : « *Deus requies mea et habitatio mea* », paroles d'un psaume que sa mémoire ne lui permit pas d'achever, et dont il me demanda de lui rappeler la suite. Après quoi, ranimé pour un moment, il expira au bout de quelques heures, dans la matinée même.

XXVII. — MADAME RIOUST DE LARGENTAYE.

CAROLINE-MARIE-THÉRÈSE du Breil de Pontbriand, née le 28 octobre 1802, sœur aînée de
mon père, mariée dans la chapelle de la Brousse-
Briantaye, le 29 septembre 1818, âgée de
seize ans à peine, à Marie-Ange Rioust de
Largentaye, petit-fils de notre glorieux Léonidas
de 1758, Jacques Rioust des Ville-Audrains, qui
prépara la grande victoire de Saint-Cast, par
son héroïque défense du passage du Guildo
contre toute l'armée anglaise, à la tête d'une
poignée de volontaires.

Elle fut dans son pays, dès le temps de sa
jeunesse, et resta toute sa vie un exemplaire
achevé des vertus de tout genre ; vertus de
famille, d'abord, dont je puis témoigner en
connaissance spéciale, car elle me prodigua
tous les soins d'une mère, avant même que je
fusse orphelin de la mienne ; piété exquise, à
la fois tendre et éclairée ; patience et résignation parfaites dans les épreuves, qui ne lui
furent point épargnées, entre autres la perte de
son plus jeune fils, Frédéric, enlevé prématuré-
ment, au mois de mars 1850, « jeune homme

arrivé à la perfection dès l'âge de vingt-cinq
ans », et dont il ne faut point oublier les dernières paroles : « Dieu seul connaît ce que je
souffre en voyant pleurer à cause de moi mon
père, ma mère et tant de chers amis ; et pourtant le plus grand sacrifice qu'il me demande,
c'est de me rappeler à lui avant de m'avoir
employé pour la gloire de son Eglise » ; charité,
enfin, et par-dessus tout, qui la portait à soulager toutes les misères, en se prodiguant elle-
même, sans rien épargner des richesses qui lui
avaient été départies, soit pour venir en aide
au prochain, soit pour les œuvres chrétiennes,
telles que monuments élevés à la gloire de Dieu,
ou fondations pour l'éducation de la jeunesse,
particulièrement à Saint-Lormel, sa paroisse.

Elle vécut ainsi, languissante dans ses dernières années, et veuve depuis 1856, jusqu'au
27 août 1869, qu'elle décéda elle-même au château de Largentaye. Son frère, François du Breil
de Pontbriand de Marzan, a rappelé qu'à ce
moment, elle était occupée à soigner, autant
que ses forces le lui permettaient, et surtout à
consoler l'enfant de pauvres gens vivant sur ses
domaines, la jeune Marie-Josèphe le Moyne,
longtemps menacée de perdre la vue, et maintenant arrivée au point d'être déclarée par les
médecins sans espoir à cet égard.

Une dernière fois, la mère vint visiter celle qu'elle appelait « la sainte dame ».

« — Écoute, lui dit celle-ci, puisque c'est la volonté de Dieu, je ne me lèverai plus pour aller soigner ta petite aveugle; mais je te promets une chose, c'est que, si j'ai quelque jour un peu de crédit auprès de Dieu, *tu le sauras.* »

A dix jours de là, le surlendemain du décès de Madame de Largentaye, l'enfant était plus mal que jamais, non seulement de ses yeux, mais d'une fièvre qui, hors de là, la consumait; or, tout à coup, pendant que les cloches paroissiales sonnaient *les élévations* de la messe — c'était un dimanche, — la petite martyre se lève de la chaise où elle était assise, et s'écrie : « Maman, je n'ai plus de mal, *je vois mes mains qui sont blanches !* » La guérison était parfaite, et ne se démentit pas depuis.

M. de Marzan n'ose pas déclarer qu'il fallût voir là un miracle proprement dit, mais il ajoute : « Je ne saurais oublier non plus que..., à l'instant même où Marie-Josèphe fut guérie d'une manière si étonnante, Colas, le piqueur de M. de Largentaye, vit son enfant *de trois ans*, marcher pour la première fois. Plusieurs autres encore obtinrent des faveurs et des grâces par l'intercession de la bonne défunte », et il rappelle ce que lui a déclaré, après quatorze ans, la mère de la jeune aveugle : « Tous les soirs, lorsque je l'embrasse, après la prière, je ne me lasse pas de redire la parole de bénédiction tombée sur elle et sur moi des lèvres mourantes de ma chère maîtresse : « Si, dans l'autre vie, j'ai quelque pouvoir auprès de Dieu, *tu le sauras*[1]. »

XXVIII. — LA TANTE MARIE-ANNE.

MARIE-ANNE-RENÉE du Breil de Pontbriand. — Encore une sœur de mon père, celle-ci née au château de la Villerobert, en Pluduno (habitation du colonel de Pontbriand, frère de mon grand-père), le 8 septembre 1804. — C'est elle qu'on a vu conduite à Bamberg, par ses parents, en 1822, au prince Alexandre de Hohenlohe, dont on réclamait la pieuse intercession, dans une grave affection qui semblait devoir la priver de la vue. La guérison complète ne fut pas obtenue; mais la vision, quoique très affaiblie, ne fut pas abolie, et lui resta, dans cet état d'infirmité, le demeurant de ses jours.

1. *Souvenirs de la mort de M. Rioust de Largentaye, et de celle de sa mère, née Caroline du Breil de Pontbriand.* — 1894. — Madame du Parc-Michaud, à qui cet écrit était adressé, répondit à l'auteur : « Votre famille est sainte, et les survivants ont la presque certitude de revoir au ciel ceux qui partent avant eux. »

On voit par les lettres de sa mère, combien cette enfant, naturellement enjouée, garda quand même son premier naturel, malgré le surcroît d'épreuves qui vint bientôt s'ajouter à son infirmité première et rendre sa santé de plus en plus chancelante. La piété et l'exercice de la charité la consolèrent, dans la mesure du possible, des joies de ce monde, dont elle se trouvait privée.

Elle s'adonna principalement à l'instruction des jeunes enfants de son voisinage, que ne lui interdisait pas la demi-cécité dont elle était frappée. L'enseignement du catéchisme, de l'histoire sainte, la lecture même, étaient encore de sa compétence dans une mesure à peu près suffisante. Elle pouvait surtout, par son exemple et les instructions orales, former cette jeunesse à la piété, et, chaque jour, l'école de *Mademoiselle Marie-Anne* s'ouvrait à ces petits, la plupart du temps dans sa propre chambre au château de la Brousse; ou dans un local annexe, spécial à cet usage. — Il vint cependant un instant où peu s'en fallut que cette unique consolation lui fût enlevée. Nous avons vu que ses parents avaient fondé, dans la commune de Saint-Potan, une école religieuse, publique et gratuite, et elle-même s'était largement associée à cette bonne œuvre; mais il y avait des règles imposées par l'administration ; les institutrices devaient être brevetées, ou au moins autorisées. « Mademoiselle Marie-Anne » ne répondait point, et ne pouvait répondre à ces conditions, de sorte que l'école même, dont elle était en grande partie la fondatrice [1], menaçait d'entraîner la fermeture de celle tenue par elle-même. La difficulté fut levée ou tournée, en obtenant qu'il lui fût délivré, sans autre examen, un brevet, peut-être un peu de complaisance, mais cependant, on en conviendra, assez amplement mérité.

Parmi les élèves de « Mademoiselle Marie-Anne » [1], l'un d'eux, tout au moins, le très digne abbé Jean-François Hamon, ancien recteur de Saint-Mayeux (Côtes-du-Nord), a rendu un trop juste hommage à cette pieuse et dévouée institutrice de son jeune âge, pour que nous ne le rappelions pas. Il raconte, dans un de ses opuscules de haute édification, non seulement les soins dont elle entourait ses pupilles, mais comment, tous les jours, avant de leur ouvrir son « école », elle commençait par fran-

1. Outre que l'acte de donation définitif fut passé sous son nom et sous sa garantie, elle avait grandement facilité et accru l'importance de cette donation elle-même par son concours personnel.

chir, presque toujours à pied, accompagnée d'une simple servante, une distance de près de trois kilomètres, pour entendre la messe de sa paroisse, cela souvent malgré les plus rudes intempéries.

Cette pratique de chaque jour est sans doute parmi les plus humbles, mais non parmi les moins méritoires. Elle ne prit guère fin qu'à la mort de la bonne tante Marie-Anne, 28 juillet 1874.

XXIX. — MA SŒUR CAROLINE.

Ce qui suit est extrait textuellement (sauf quelques mots ajoutés en explication, mais faciles à distinguer à la lecture), d'une notice plus étendue, rédigée par une compagne en religion et amie très intime de toute heure, Madame de Montalembert, dite Madame *Catherine*, digne fille de notre grand orateur catholique, sous le titre de « *Souvenirs de la vie de Caroline du Breil de Pontbriand, religieuse du Sacré-Cœur* » :

« CAROLINE-LOUISE-MARIE du Breil de Pontbriand naquit au château de la Brousse, le 30 novembre 1841. Ses premières années se passèrent à la campagne, sous les yeux d'une mère éminemment chrétienne, dont tous les soins tendaient à former de bonne heure ses enfants à la piété... Une étroite et sainte amitié l'unissait (celle-ci) à Madame de Chalais, alors maîtresse générale au pensionnat (du Sacré-Cœur) de Laval. C'est à elle que Madame du Breil confia ses filles aînées, le 25 octobre 1849 : « Vous en serez la mère, lui dit-elle, les autres « vous seront aussi confiées ; me voilà tran-« quille maintenant » ; et son regard semblait ajouter : « Ma mission est remplie ; je puis mourir en paix ». Quelques mois après, elle mourait, en effet, dans la paix du Seigneur, qu'elle avait fidèlement aimé et servi sur la terre.

« Malgré son très jeune âge, Caroline ressentit cette première douleur avec une intensité dont le temps n'a jamais rien effacé, et qu'elle a accompagnée toute sa vie de la plus tendre vénération... Elle acquit bientôt ce quelque chose de sérieux qui ne nuisait en rien à son enjouement, en même temps que, à son insu, elle prenait un suave ascendant sur ses compagnes. Voici le témoignage que lui rend l'une d'elles : « ...Nous sentions en elle quelque chose de fort, de ferme dans le devoir, qui n'est ordinairement pas le partage des enfants... »

« Ce fut pendant son éducation que l'appel
de Jésus-Christ retentit dans son âme. Depuis
sa première communion, elle pressentait la
volonté divine...

« Lorsqu'elle quitta le pensionnat de Laval,
elle était donc toute décidée à entrer au Sacré-
Cœur lorsque l'heure de la Providence serait
venue. — Cette heure ne sonna que huit années
plus tard. — Caroline avait une mission délicate et importante à remplir dans sa famille, à
qui Dieu voulait accorder quelque temps la
jouissance de cette enfant de bénédiction.

« En vérité, elle était pleine de grâce devant
Dieu et devant les hommes, au moment où
elle revint parmi les siens. Oui, elle offrait, à
dix-neuf ans, un exemplaire de perfections
rares ; la réunion des agréments extérieurs et
des qualités les plus solides et les plus atta-
chantes... Portée naturellement aux choses
sérieuses, elle n'en avait pas moins une séré-
nité constante, une égalité d'âme et d'humeur
qui firent le charme de son intérieur...

« Tous, et dans toutes les conditions, l'en-
touraient d'une affection voisine de la vénération.

« Aimant peu le monde, elle y était pourtant aimable et recherchée..., et sa réserve aisée
et gracieuse imprimait autour d'elle un respect

indéfinissable dont nul ne pouvait se défendre...

« C'est elle qui, après de longues années de douloureux souvenirs, adoucit les heures de tristesse et ramena le bonheur dans la vie de son père...

« Les petits et les simples, les pauvres, ceux qui étaient disgraciés de la nature, semblaient encore attirer la bienveillance particulière de Caroline; et surtout le soin des malades devint son œuvre de prédilection. Elle surveillait l'emploi des médicaments qu'elle distribuait chaque jour, pansant avec une rare dextérité des plaies dont la vue seule faisait horreur...

« Cette part déjà belle aux yeux de la foi, cette vie remplie pour le temps et pour l'éternité, ne suffisaient néanmoins pas à la générosité de Caroline...

« En 1865, elle suivit à Rennes (où Madame de Chalais se trouvait alors) la retraite des enfants de Marie. La maison entière, et le prédicateur lui-même (le Père Hubin) furent embaumés du parfum de vertu qu'elle répandait autour d'elle : « Que de trésors il doit y avoir dans cette âme ! Que de bien elle est appelée à faire ! » répétait-on...

« La voix de Dieu la pressa plus vivement après cette retraite...

« Sans attendre davantage, elle s'ouvrit à son père...

« Le consentement désiré fut la réponse qu'obtinrent ses instances dont la vivacité n'ôtait rien au respect et à la tendresse la plus filiale. Des circonstances particulières obligèrent à remettre son départ au mois de septembre suivant. Mais ce terme était irrévocablement fixé... Elle s'arracha courageusement à cette maison paternelle dont elle avait été si longtemps le rayon, l'éclat et la douceur...

« Selon le désir exprimé par Caroline, ce fut au Sacré-Cœur de Laval, entre les mains de Madame de Chalais, que son père la remit, le 15 septembre 1866. Peu de jours après, elle partait pour Conflans, conduite par celle qui avait été sa seconde mère...

« Dès les premiers jours de son apostolat, Caroline devint le modèle de ses sœurs...

« Les vertus religieuses, le silence, la modestie, formaient son vêtement et sa parure, alors même qu'elle portait encore son costume du monde, avec ce goût parfait, ou plutôt cette dignité pleine de grâce qu'elle faisait paraître en toutes choses.

« Le 14 janvier 1867, elle revêtit la livrée

de Jésus-Christ dans une ferveur soutenue mais calme et réfléchie...

« Le Seigneur, qui devait sitôt interrompre ses travaux, permit qu'elle exerçât, pendant sa vie de novice, un véritable apostolat... Encore postulante, on l'avait chargée de seconder les infirmières dans ces fonctions que sa charité lui avait rendues si familières... A tout elle voulait le cachet de la perfection... Chargée, comme autrefois le bienheureux Berchmans, de présider, disons mieux de servir toutes les sœurs novices, dans leurs travaux matériels, elle s'acquittait de ces fonctions si communes d'une manière non commune...

« En sa qualité de mère des orphelines, la Sainte Vierge était naturellement l'objet du culte de prédilection de Caroline. C'est sans doute afin de l'entourer d'un plus grand amour qu'elle fit en son honneur le vœu suivant trouvé écrit de sa main :

« 8 décembre 1868.

« Ma bonne mère... Je dépose à vos pieds
« le vœu d'abandon de toutes les indulgences
« que je gagnerai pendant ma vie et de toutes
« celles qui me seront appliquées après ma
« mort..... Je m'abandonne dans la vie et dans

« la mort à votre amour et à la miséricorde
« de mon Jésus. »

« ... Si les siens avaient perdu le charme de
sa présence, ils avaient conservé la sollicitude
de son cœur et le bienfait de son influence.
Pour eux, Caroline resta un centre où ils trouvèrent toujours la lumière du conseil sage et la
douceur d'une sainte affection... Dans l'éloignement, ses lettres témoignaient en toute circonstance de sa participation pieuse et éclairée pour
tous les intérêts de ses proches. Elles devraient
être citées en entier pour donner une idée complète de ce qu'a été ce cœur, où le sacrifice
entier des plus légitimes jouissances s'est allié
parfaitement à une inépuisable chaleur de dévouement, à la plus délicate reconnaissance
pour son père, à qui elle aimait à rapporter les
grâces dont son éducation avait été le principe
pour elle...

« Quand vint le moment de la consécration
religieuse, elle ne pouvait contenir sa joie,
qu'elle voulut aussitôt partager, comme toujours, avec les siens.

« Elle s'adresse ainsi à son père (à différentes
fois) :

« ..... Je suis vraiment *heureuse,* sans regret
« pour le passé, sans inquiétude sur l'avenir.

« J'arrive à ce moment avec un calme parfait,
« un bonheur sans mélange. Il est vrai que,
« pour arriver là, il faut le sacrifice. Il fait partie
« de notre vocation. »

« ..... Permettez-moi de vous exprimer un
« désir. Je voudrais bien que le jour de mes
« vœux, les pauvres *que j'ai aimés* se réjouissent
« par quelque distribution particulière. Ces
« aumônes remercieront Dieu des grâces qu'il
« daigne m'accorder.....

« J'ai toujours envisagé la vie religieuse au
« point de vue sérieux. Bien jeune encore, elle
« m'a paru quelque chose de grand et d'élevé
« par ce dévouement à Dieu et aux âmes, par
« cette immolation, ce sacrifice constant. Plus
« je suis dans ces réalités, plus mon âme en est
« éprise. Vraiment ces joies de la foi me sem-
« blent seules enviables. Loin de regretter qu'il
« n'en existe plus d'autres pour moi, j'en suis
« heureuse, et ce mot de *bonheur*, prononcé si
« rarement avec vérité sur la terre, est dans
« mon cœur à l'état de réalité.

« ..... Je ne crois pas vous faire de peine en
« vous parlant ainsi ; il me semble au contraire
« vous consoler, en vous donnant une sécurité
« complète sur cette carrière où j'entre aujour-
« d'hui non avec l'exaltation d'une ferveur sen-
« sible et passagère, mais avec la conviction de

« la foi et sans aucune illusion sur la vie que
« j'embrasse. Plus je la vois de près, plus je
« bénis Dieu de m'y avoir appelée.

« Et quand je me demande d'où me viennent
« ces grâces, ma pensée se tourne, comme pour
« tout ce qui m'arrive d'heureux, vers ma
« sainte mère, qui, j'en suis sûre, se réjouit et
« me bénit..... »

« Voyant (à certain temps de là), quelques-
unes de ses sœurs s'attrister à la pensée de
quitter le noviciat : « Il faut avoir du courage,
« leur disait-elle ; nous ne sommes pas venues
« pour rester novices, mais pour nous dévouer à
« Notre-Seigneur et pour travailler beaucoup. »

« Ce vœu ne devait point être exaucé. Au
bout de six mois passés au *juvénat*, dans l'exercice de devoirs à peu près semblables à ceux du
noviciat et dans la pratique des mêmes vertus,
elle partait pour la maison de la rue de Va-
rennes. L'une de nous se souvient qu'au moment de cette disparition, ayant adressé à Caroline cette parole : « Nous nous retrouverons,
« n'est-ce pas ? » elle en reçut cette réponse :
« Si le Maître le veut ! »

« Bien peu de jours s'écoulèrent pour Caroline au milieu de la carrière nouvelle de l'édu-

cation et du travail extérieur, pour laquelle elle montrait tant de dévouement. Notre-Seigneur se contenta de cette volonté..... Sa tâche était accomplie.

« La rentrée avait lieu le 6 octobre. Le sur-lendemain, à l'issue de sa classe du soir, notre sœur se sentit assez souffrante pour en avertir sa supérieure... Tous les soins habituels en pareille circonstance lui furent aussitôt prodigués, et la nuit fut tranquille ainsi que la matinée suivante. Par précaution, plus que par nécessité, le médecin lui défendit de quitter sa chambre, malgré le désir qu'elle exprimait de ne pas interrompre son travail. Elle souffrait encore, mais sans fièvre et sans aucun symptôme capable de faire pressentir le moindre danger...

« La sécurité était donc complète, lorsque, vers une heure de l'après-midi, la sœur infirmière, revenant, après une courte absence, auprès de notre bien-aimée malade, fut frappée de la pâleur mortelle et du changement subit de son visage...

« Déjà le froid de la mort envahissait ses membres... La supérieure, aussitôt avertie, accourt, l'appelle, lui prend la main, implore au moins un mot, un signe ; tout reste sans réponse. L'aumônier de la maison entre à son

tour, lui donne une dernière absolution et
une onction générale. Elle jette un regard autour d'elle pendant la cérémonie, et ses yeux
se referment doucement à la lumière tempo-
relle, pour s'ouvrir aux splendeurs divines,
désormais sa demeure et son éternel repos.

« C'était le 9 octobre, un samedi, un peu
avant deux heures [1]. »

Et l'auteur de la notice termine par ce *post-
scriptum* :

« Comment exprimer la douleur, le saisis-
sement de ceux qui l'ont aimée ! Que penser
en présence de l'enlèvement mystérieux qui
l'a si tôt ravie à l'affection et aux espérances
dont elle était l'objet ! On repassait ces vingt-
sept années, si courtes, si remplies d'œuvres
vivantes, les exemples non interrompus laissés
à ses deux familles selon la nature et selon la
grâce. On se rappelait le zèle de cette âme
ornée de dons célestes, dont l'éclat traversait
l'ombre où elle prenait soin de vivre. Puis, en
sondant ses dernières pensées, sa supérieure

---

1. Je me souviendrais toujours qu'une nuit de ce mois d'octobre 1869, on m'apporta en même temps deux télégrammes.
Le hasard me fit ouvrir d'abord l'un d'eux contenant ces mots
auxquels je ne comprenais rien : « Notre Caroline est au ciel. »
L'autre me fit pressentir la douloureuse explication.

se souvint qu'elle avait, tout récemment, sollicité l'autorisation d'une neuvaine de réparation en vue d'une âme dont la chute venait d'attrister l'Eglise, et avec elle tous les cœurs de ses enfants. Que s'est-il passé entre Dieu et son épouse fidèle pendant ces jours de pénitence et de supplications? Elle n'en a point fait la confidence. Mais n'est-il pas permis de croire que Dieu a agréé son offrande, et qu'avec ses actes, il a pris sa vie, afin de rendre son intercession plus puissante, son âme plus heureuse, et la récompense plus magnifique [1]? »

Il est difficile de ne pas joindre à ces souvenirs de notre Caroline quelque chose de ceux que nous a laissés sa plus jeune sœur, tant la conformité des uns et des autres est pour ainsi dire parfaite.

CLAIRE-MARIE du Breil de Pontbriand, dernière de huit enfants, était née au château de la Chaussée, près Vitré, le 17 août 1849. Notre

---

[1]. Si l'offrande fut acceptée, ce ne fut pas cependant, hélas! suivant les vœux qu'on a pu en croire le principe.

mère lui fut enlevée dès le berceau, et comme
celle-ci avait été pour Caroline l'exemplaire
idéal sur lequel toujours sa vue avait été fixée,
ce fut Caroline elle-même qui demeura pour
Claire le pôle directeur, après qu'elle eut
guidé maternellement ses premières années.
Ce ne fut pas cependant sans quelques préliminaires assez ingrats, car l'enfant, remarqua-
blement intelligente, annonçait un caractère
indépendant, même un peu farouche, qu'il
fallut dompter d'abord par une certaine sévérité. L'influence des sœurs aînées, puis celle
de l'éducation au Sacré-Cœur, où elle les avait
suivies, eurent une grande part à ce redresse-
ment, qui fut bientôt complet, et ne laissa
plus, à son retour définitif dans sa famille,
qu'une jeune fille sérieuse, inclinée à tous
les dévouements. On le vit surtout quand
vint l'heure, pour Caroline, de se consacrer à
Dieu. Un même attrait l'eût portée probablement, — nous dirons même certainement, —
à suivre cet exemple ; mais elle comprit quels
autres devoirs lui incombaient, quelle place
à remplir laissait l'absente auprès de tous les
siens et dans le pays tout entier qui avait
perdu sa véritable providence. A plusieurs
reprises, elle parut hésiter, et si elle se contenta d'une part moins parfaite, à quelques

yeux, que celle de Marie de Béthanie, ce ne fut pas la moins méritoire pour ceux qui ont expérimenté la perfection de son dévouement et le détachement absolu de toutes choses de la terre dans lequel elle a vécu pendant plus de quarante années.

Un trait d'humilité chrétienne, ou, si l'on veut, de fraternité rappelant en quelque sorte la primitive église, mérite, entre autres, d'être noté. — De bonne heure elle avait tenu à s'affilier au Tiers Ordre de Saint-François d'Assise ; or elle avait à son service une pieuse personne qui voulut suivre sa trace et partager la même dévotion. Elle lui dit alors : « Nous sommes maintenant égales », et la fit, non sans peine, asseoir à sa table en cette qualité.

Son modèle, ai-je dit, était en tout son angélique sœur Caroline ; j'en trouve une démonstration particulière dans le vœu presque extraordinaire de celle-ci, rapporté sous la date du 8 décembre 1868, vœu qu'elle voulut imiter par un renoncement semblable [1].

Quand elle mourut, au Gué (Maine-et-Loire),

---

[1] Elle nous recommanda de ne point faire prier, après sa mort, à son intention spéciale, mais seulement pour la généralité des âmes abandonnées dans l'autre vie.

le dimanche 11 janvier 1891, enlevée par une pneumonie infectieuse, qui l'avait atteinte en pleine santé, elle nous laissa quelques recommandations qui témoignaient de pressentiments singuliers, comme si sa fin prochaine lui avait été révélée surnaturellement.

Puissent mériter d'aller la retrouver un jour ses aînés qu'elle a devancés de si tôt !

XXX. — JULIE DE PONTBRIAND.

JULIE-MARIE-CAROLINE-PHILOMÈNE du Breil de Pontbriand, fille d'Hippolyte-Marie, vicomte Hippolyte de Pontbriand, et de Julie-Marie-Louise de la Noüe, née au château de la Ville-guérin, en Pluduno, le 7 mars 1843, avait toujours montré un attrait très spécial pour la vie religieuse, dont elle fit un essai chez les dames de Saint-Vincent de Paul, mais sans que sa mauvaise santé lui permît de le poursuivre. Rentrée dans sa famille et adonnée à toutes les œuvres pieuses et charitables, dans la mesure d'activité que ses forces lui permettaient encore, elle fut atteinte, en 1878, d'une affection oculaire qui ne tarda pas à devenir fort grave. Après de longues et cruelles souffrances, supportées avec une admirable résignation, après un traitement et des opérations peut-être plus douloureuses que le mal lui-même, il devint bientôt évident pour les médecins qu'elle était condamnée à perdre la vue par suite d'amaurose et d'amblyopie. La vision de l'œil gauche se perdit d'abord et demeura abolie pendant trois ans, puis celle de l'œil droit fut également atteinte, et la cécité était complète depuis plusieurs semaines, au mois de juillet 1882, sans ressources humaines, au dire des spécialistes [1]. Elle, cependant, ne désespérait pas et le déclarait au docteur Barbé-Guillard, de Dinan, en lui disant son intention, à défaut des secours de l'art, d'aller implorer celui de la Vierge de Lourdes ; à quoi l'éminent praticien lui répondait : « Mademoiselle, si vous revenez guérie, vous pourrez bien dire, en effet, que ce sera un miracle. »

Le miracle eut lieu cependant le 20 août 1882, instantanément, à la suite d'une deuxième immersion dans la piscine providentielle, la

---

[1]. Suivant déclaration des docteurs Barbé-Guillard, Bréhier et Delon, réunis en consultation le 14 août 1882. Les mêmes revirent la maladé le 5 septembre et constatèrent que sa vue avait retrouvé une acuité parfaite, distinguant nettement les plus petits objets et lisant sans peine les caractères de l'écriture la plus ténue.

première n'ayant produit qu'une impression
plutôt douloureuse, cela en présence et au vu
de plusieurs centaines de témoins, dans des
conditions qui ne pouvaient permettre ni
doute ni même discussion. On remarqua surtout que, non seulement la vue était complètement recouvrée, mais que toute trace des
opérations chirurgicales qui avaient martyrisé
si longuement la pauvre jeune fille, avait disparu du même coup.

Le retour fut triomphal, mais la puissance
divine voulut sans doute montrer une fois de
plus que de semblables prodiges sont accom-
plis pour la manifester aux yeux de tous, plutôt
que pour le seul profit de ceux qui paraissent
en bénéficier. En effet, la pauvre miraculée,
toujours parfaitement indemne quant à la vue
qu'elle avait ainsi recouvrée, ne tarda pas à être
affligée d'une autre épreuve et à perdre, à la
suite d'un épanchement de synovie, l'usage
d'un de ses membres, état dans lequel elle
est demeurée jusqu'à sa mort arrivée subitement le 17 juillet 1898, louant toujours
cependant, jusqu'à sa dernière heure, Dieu et
sa sainte Mère de l'avoir choisie pour faire
éclater publiquement leur merveilleux pouvoir.

XXX. — LE MARQUIS DE RAYS.

CHARLES-MARIE-BONAVENTURE du Breil, marquis de Rays, né au château de Quimerch, en Bannalec (Finistère), le 2 janvier 1832, était le dernier représentant d'une branche distinguée par ses services, ses alliances illustres et la possession de grands biens, quoique ceux-ci se fussent trouvés très diminués par suite des évènements de la Révolution.

Son quatrième aïeul, Guillaume Dinan du Breil, avait obtenu par lettres patentes du mois de novembre 1683 [1] l'érection en comté des terres de Rays et du Plessis-Balisson, unies sous le nom de Rays, et le fils de ce premier titulaire, Charles, titré lui-même marquis de Rays, avait transmis ces terres à la maison de Rohan, en mariant sa fille unique, Yvonne-Sylvie du Breil, à Guy-Auguste de Rohan-Chabot, lieutenant-général, second fils du duc Louis de Rohan, prince de Léon, pair de

---

1. Erection renouvelée, à cette date, en faveur de Guillaume Dinan, frère de François-Claude, qui l'avait obtenue lui-même, une première fois, au mois de juin 1680.

France, d'où est sortie depuis lors, toute la suite
des ducs de Rohan.

Nous ne voudrions pas affirmer que l'infortuné marquis de Rays ait été, à proprement
parler, un saint à canoniser : cela, en effet, nous
n'en savons rien ; mais il fut certainement un
martyr, martyr de nos tristes gouvernants
d'alors, et plus exactement encore de la *Franc-
Maçonnerie.* Il suffit pour s'en convaincre, sans
aborder encore les circonstances de son inique
procès, de le rapprocher de celui dit de l'*Union
générale* ou *affaire Bontout,* qui se déroulait au
même moment. Il n'en faut pas davantage,
pour être persuadé que les deux complots furent préparés et poursuivis par les mêmes
mains, comme ils le furent par les mêmes voies
et dans le même but d'écrasement de toute
œuvre où pouvaient être engagés des intérêts
catholiques ou seulement chrétiens. Rien ne
devait être épargné pour cela, prison préventive
afin de faire tout crouler dès l'abord, extradition obtenue sous les plus fallacieux pré-
textes, entraves mises à la défense, manœuvres
dont le point de départ était trop clair et l'aurait été davantage, si les publications de Drumont eussent déjà commencé à faire la lumière
devenue depuis si éclatante.

Le jeune de Rays fit ses études, à Rennes, au collège Saint-Vincent, et, comme depuis on a prétendu qu'il n'avait jamais eu l'intention sérieuse de coloniser, que ses tentatives apparentes n'avaient été qu'un masque derrière lequel se cachait un simple chevalier d'industrie, il faut redire ce qu'écrivait de lui plus tard, un de ses condisciples de cette époque, le savant abbé Paris-Jallobert : « Je me suis rappelé que sa vocation de *colonisateur* ne datait pas seulement du jour où il s'est lancé dans cette vaste et périlleuse entreprise. Tout jeune encore, et particulièrement alors qu'il était au pensionnat de Saint-Vincent de Rennes, une carte géographique devant lui, il étudiait les lieux les plus abandonnés du globe, et pendant les récréations, il se plaisait à entreteni ses condisciples de ses projets naissants, ce qui lui avait mérité le surnom de *Patagon*. — L'infortuné Patagon ! »

Cependant, il commença par de nombreux voyages d'exploration. Il chercha sa voie en Amérique, au Sénégal, en Indo-Chine et à Madagascar. Il crut l'avoir trouvée en fixant sa vue sur certaines îles inoccupées de l'Océanie, terres libres par conséquent pour les projets de colonisation que pouvaient poursuivre

les nations, et même les individus armés d'un
courage suffisant. Son premier appel par la
voie des journaux date de 1877, appel encore
vague, qui fut suivi de circulaires plus expli-
cites et d'un *exposé général*, puis de la constitution d'une agence établie à Paris au mois de
mai 1878. — Vinrent ensuite des circulaires, des
conférences, principalement à Marseille, et, à
partir du 15 juin 1879, la publication d'un journal mensuel, *la Nouvelle France* : « Je veux coloniser pour Dieu et pour la France. » Tel était,
en résumé, le programme, la pensée directrice,
exprimée cent fois, et de plus en plus chaude-
ment accueillie par les adhérents qui se multi-
pliaient.

Quant aux voies et moyens : « Nous offrons
par lots le terrain à coloniser, à tous ceux qui
veulent bien nous accepter pour chef... C'est
à ceux qui, comme nous, croient au succès de
l'entreprise, qu'il appartient d'accepter la valeur,
actuellement fictive, que tous ensemble nous
accordons à ces bons...

« Une direction constante, unique, toujours
la même, est de toute nécessité.

« Cette direction ne peut appartenir qu'au
fondateur même de l'entreprise, parce que
seul il la possède dans ses détails les plus
intimes. Toute l'administration doit être

créée par lui. C'est de lui qu'elle relève [1]... »

Donc, point de surprise ; rien de voilé. Un chef unique et suprême ; un pouvoir absolu, si l'on veut, mais accepté en connaissance de cause. Tout est clair, et les difficultés ne se montrent pas à ce premier moment. On croit pouvoir commencer à acheter des navires pour l'exécution, se fiant au moins sur le droit commun ; quand une circulaire TIRARD, du 24 juillet 1879, vient démasquer les hostilités, secrètement embusquées : « ... *J'ai décidé*..... que, jusqu'à nouvel ordre, il serait interdit aux agences d'émigration, *autorisées par mon département*, d'engager des émigrants à destination de la colonie libre de Port-Breton... » *Sic volo, sic jubeo*, et c'est tout. Devant cette hostilité de la mère-patrie, force fut d'avoir recours à l'étranger. L'Espagne offrit une bienveillante hospitalité, et, par suite c'est de Barcelone que furent dirigées ultérieurement les opérations. Cinq grands vaisseaux et quatre autres moindres, avec six cents colons, partirent en quelques mois pour Port-Breton, au milieu de difficultés de tout genre, renouvelées sans cesse ; d'excitations à la désertion plus ou moins habilement semées. Bref, on en vint à représenter l'entre-

---

1. Circulaire de la première heure.

prise comme dénuée de toute réalité, le terrain colonial même comme inexistant, quand de si nombreux adhérents y étaient déjà établis, le fondateur, enfin, comme un vulgaire escroc, dont on demande l'extradition à l'Espagne, en trompant son gouvernement sur les faits allégués, tellement que celui-ci se crut en droit de protester dans la suite.

Mais le tour, comme on dit, n'en était pas moins joué. Alors commença la période inouïe d'une prison préventive de vingt-sept mois, dont sept du plus dur secret ; et on ne peut savoir jusqu'où cela se serait prolongé si les remontrances de l'Espagne n'avaient obligé à en venir enfin à un simulacre de jugement.

On peut dire que devant la magistrature *nouvellement épurée*, l'arrêt était dicté d'avance ; aussi la huitième Chambre correctionnelle refuse de voir les comptes qui lui sont présentés, en disant sans autres façons : « Pour le condamner, nous n'avons pas besoin de voir les comptes », et se hâte de prononcer, pour soi disant escroquerie, une peine de *quatre années d'emprisonnement*.

Appel intervient immédiatement, et, dans les audiences qui se succédèrent du 22 avril au 14 mai 1884, l'éloquent défenseur du pré-

venu, Me de Las-Cazes [1], après avoir détruit
toutes les allégations de la prévention, ajou-
tait : « ... Il n'y a pas, en réalité, d'homme plus
indifférent que M. de Rays aux questions
d'argent ; sa vie tout entière le prouve. Il a
échoué en travaillant à une entreprise patriotique et civilisatrice, mais la gloire d'avoir
conçu ce grand projet, l'honneur d'avoir essayé
de le réaliser lui reste et, quoi qu'il arrive, lui
restera.

« Certes, depuis deux ans, M. de Rays a bien
souffert, il a vu sa vie entière scrutée et sondée ;
ses sentiments les plus chers méconnus et per-
siflés. Il a vu sa fortune écroulée, son bonheur
éteint, son honneur méconnu, et, quand il a
offert de se justifier en apportant ses comptes
et montrant que, jusqu'au dernier centime,
l'argent de ses souscripteurs avait été dépensé
dans l'entreprise, on s'est refusé à lui permettre
cette preuve trop éclatante de son innocence
(on lui a dit) : « *Pour le condamner, nous n'avons
pas besoin de voir les comptes.* » Nul n'a été plus
frappé que lui ; et cependant, même au prix de
tant de tristesses, il ne voudrait pas n'avoir pas
tenté l'œuvre qu'il a tentée.

« C'est le sort commun, en France, de tous

---

1. Depuis président de la conférence Molé.

nos colonisateurs, grands et petits, illustres ou obscurs, de se voir, de leur vivant, incompris, persécutés et bafoués! N'a-t-on pas souri des projets de Dupleix? N'a-t-on pas fait monter sur l'échafaud Lally-Tollendal? (N'a-t-on pas fait mourir de Toncin à l'hôpital? et Baudin qui, bien avant les Anglais, avait parcouru une partie de l'Australie, n'a-t-il pas été traité de fou et de visionnaire!) — Qui sait? Quand vous aurez laissé entrer l'étranger dans ces archipels où M. de Rays avait commencé l'établissement de sa colonie ; quand ils auront, dans ces parages, de riches comptoirs et d'opulentes stations ; qui sait s'il ne surgira pas un homme autorisé pour rendre justice à la pensée de celui que je défends aujourd'hui? Alors, luira pour M. de Rays, l'heure souvent tardive mais toujours assurée de la réhabilitation. Alors, l'opinion publique, mieux éclairée, cassera, et cassera pour toujours, les arrêts rendus sous l'empire de préoccupations injustes ou de préjugés ignorants. *Cette réhabilitation elle viendra* ; M. de Rays le sait. *Cette heure de la justice elle sonnera* ; M. de Rays n'en doute pas.

« Pour moi, Messieurs, je ne forme qu'un vœu :

« Que ce jour-là, l'on n'ait pas à condamner une décision de la Justice française! »

Et à ce moment, la femme du noble défenseur, Madame de Las-Cases, traverse les rangs,
s'avance jusqu'au marquis de Rays, lui saisit
et lui presse longuement les mains ; cet exemple
est suivi par toutes les dames qui se trouvaient
dans la salle ; l'émotion est indescriptible.

Il fallut remettre le jugement à huitaine
pour pouvoir écarter, sans d'unanimes protes-
tations, les conclusions de la défense.

Vint ensuite (ou plutôt avant le prononcé
du jugement), cet article vengeur, signé *J. Cornély*, le Cornély, du *Clairon*, « qui depuis... mais
alors... » ; il disait : ...

« ... Depuis dix-huit mois, m'étonnant que
la liberté, l'honneur et la santé d'un citoyen
français fussent traités avec si peu de façon,
songeant aux tortures morales et matérielles
qu'endurait le prisonnier, connaissant le dé-
sespoir de sa famille ; voyant ses amis (alors
on disait ses complices) atterrés par un malheur qu'ils partageaient, mais inébranlables
dans leur foi en lui et en son œuvre, j'adjurais
la Justice de lui donner des juges...

« Aujourd'hui que cette lamentable odyssée
touche à sa fin, je ne dis plus à la Justice : jugez,
mais je tiens à dire aux juges : acquittez non

seulement les prétendus complices, mais acquittez aussi le marquis de Rays. Acquittez ; car non seulement cet homme est innocent, mais son œuvre était *belle, patriotique* et *grandiose!* Non seulement il mérite la liberté, mais il mérite des éloges et des encouragements. Ce n'est pas le marquis de Rays qui devrait être condamné, c'est la Nation française, si malheureusement encline à flétrir *ses gloires* et à dévorer ses enfants.

« Ah! cette affaire du marquis de Rays! Avec quel soin, avec quelle anxiété je l'ai étudiée ; comme j'ai suivi, sans en perdre une ligne, ces longs débats, ces élogieux réquisitoires, ces émouvantes plaidoiries !...

« Résumons en quelques lignes ce procès colossal, avec ses nombreuses péripéties et ses longueurs interminables.

« Le marquis de Rays, en 1877, conçoit l'idée de coloniser avec des Français et au profit de la France, avec des Catholiques et au profit de la religion catholique, chrétienne, des terres situées au nord de l'Australie dans le Pacifique, faisant partie de la Nouvelle-Guinée, qu'il baptise du nom de *Nouvelle-France...* Pour coloniser, il faut de l'argent et des hommes, le marquis de Rays demanda l'argent et chercha les hommes...

« Dix-huit cent mille francs furent versés

entre les mains du Marquis. Avec ces dix-huit
cent mille francs, le Marquis équipa neuf navires.

« Aussitôt le gouvernement français suscita
obstacle sur obstacle. Tantôt c'étaient les ports
de France qu'on interdisait aux navires, tantôt
c'étaient les escales sur la route de la Nouvelle-
Guinée qui devenaient pour eux des obstacles
insurmontables par la mauvaise volonté des
agents consulaires français, arrêtant les vaisseaux, débauchant les colons.

« Et pourtant, l'entreprise dura deux ans.
Six cents Français furent transportés là-bas.
Mais comment vouliez-vous qu'un seul homme,
même avec dix-huit cent mille francs, luttât à
la fois contre les difficultés premières de toute
entreprise coloniale, contre les infidélités de
ses agents, contre les distances et contre le gouvernement de son pays ?

« L'entreprise échoua. Les colons durent s'en
aller ; quelques-uns d'entre eux moururent de
misère. Et de cette entreprise grandiose, il ne
resta bientôt plus qu'un pauvre homme traqué,
réclamé à l'Espagne, extradé, jeté à Mazas, et
contre lui, pendant trois ans, s'acharnèrent la
haine, l'envie, le mensonge, et cette chose plus
terrible que tout cela, et qui s'appelle l'*Ignorance*. Et pendant que l'*Ignorance* affirmait que

la *Nouvelle-France* n'existait pas, l'Italie proclamait sa fertilité admirable ; la jeune et audacieuse colonie anglaise du *Queensland* témoignait le désir de se l'approprier.

« Vos îles sont chimériques », disaient ses ennemis au marquis de Rays.

« Demandez à la Hollande, à l'Italie, à l'Allemagne », aurait-il pu répondre.

« L'œuvre de calomnie et de mensonge continuait. Une partie de la presse, acharnée contre le Marquis, reproduisait toutes les accusations et faisait le silence sur la défense.

« On entassait les calomnies contre l'infortuné.

« On lui disait : Vous avez volé tout cet argent !

« Il répondait : « J'ai touché dix-huit cent « mille francs ; j'ai dépensé à l'entreprise deux « millions cent mille francs ; où est le vol ?... »

« Il y a eu à la Nouvelle-France, jusqu'à six cents enfants de la France, et vous n'avez constaté ce fait que pour flétrir celui qui les y a amenés. Et pas une fois, vous ne vous êtes occupés de savoir ce que devenaient ces six cents Français. Alors qu'à côté de vous l'Angleterre entière tressaille lorsqu'elle apprend qu'un de ses enfants a glissé et s'est rompu les côtes dans les Pyrénées.

« Au lieu de l'entraver, vous deviez aider, protéger, subventionner le Marquis. Vous deviez lui dire : Allez ; nos agents coloniaux sont à votre disposition, et derrière votre petite flottille, un vaisseau de l'Etat, armé en guerre, partira...

« Si vous aviez fait cela, savez-vous qu'aujourd'hui, peut-être, vous seriez les maîtres en Nouvelle-Guinée ?...

« Il ne reste rien de l'échafaudage d'accusations amoncelées devant vous. Les défenseurs du Marquis les ont prises une à une, ils les ont réduites en poudre...

« Vous avez vu quels étaient les complices du Marquis. La fleur des honnêtes gens ; des hommes dont l'avocat-général lui-même était obligé de proclamer, du haut de son siège d'accusation, l'honorabilité et la probité.

« On a dit que vous condamneriez parce que vous deviez condamner, *parce qu'on le voulait ainsi en haut lieu*, et que *votre jugement était fait d'avance.*

« Ah ! dût la magistrature française être encore dix fois *épurée*, par des mains de moins en moins scrupuleuses, jamais je ne me résoudrai à lui adresser une pareille injure, jamais je ne croirai que des juges puissent, de sang-froid, frapper un innocent et donner le spectacle, la

comédie d'un si long procès, avec son dénouement préparé d'avance dans leur poche!!! »

C'est cependant ce qui arriva, le 14 mai, et
ce que confirma, peu après, la Cour de Cassa-
tion, grâce à un président choisi *ad hoc*, lequel
était censé avoir pris connaissance des opposi-
tions présentées par le marquis de Rays, parmi
lesquelles se trouvaient « les deux ordonnances
de non lieu, rendues sur les mêmes faits »,
ainsi que « la dissimulation faite à l'Espagne
desdites ordonnances », dissimulation qui rendait l'extradition *injuste et nulle*.

Faut-il faire remarquer que, sur plus de
deux mille huit cents adhérents à l'œuvre coloniale, à peine vingt-cinq plaintes ont été obtenues par tous les moyens d'intimidation ou de
tentation. « Encore, dit M. de Las-Cases dans sa
plaidoirie, je ne veux pas les discuter ces vingt-
cinq lettres que vous appelez des *plaintes* et
qui, pour la plupart, *n'en sont pas*, mais vous
avez plus de mille lettres... protestant contre
les poursuites, et nous vous en avons remis
cinq mille autres écrites dans le même sens... »

En un mot, tous les adhérents, même plus
ou moins lésés eux-mêmes par les résultats,
se joignent à la défense, au lieu de se plaindre
et d'accuser.

Mais cela n'empêche pas le pauvre marquis de Rays d'expier bientôt, à Fontevrault, le crime de lèse-Maçonnerie, car c'est là le seul véritable. S'il n'a point été relevé plus tôt, c'est que Drumont et tant d'autres n'en avaient point encore établi le *criterium*, qui se retrouve à chaque page de ces tristes débats. — Le mettre en évidence sera l'œuvre de cette justice trop tardive, qu'invoquait le défenseur du marquis de Rays, de cette justice dont nous invitons à poursuivre l'œuvre tout ce qui touche au noble condamné.

Quant à lui, en attendant la fin de son *expiation*, la maladie achève bientôt de le consumer. Une insultante pitié lui fait grâce de quelques mois de peine, mais ne rend à la liberté qu'un cadavre anticipé, destiné à des obsèques prochaines, pendant qu'à la fin même de 1885, l'Allemagne plante son drapeau sur les terres dont, par haine de la Croix, n'avait pas voulu la France maçonnique. — L'archipel du *Marquis de Rays* est devenu l'*Archipel Bismarck!*

Celui qu'on récompensa de la sorte acheva de mourir au château de Coëtaven (la terre patrimoniale de Quimerc'h avait disparu dans le désastre), près de Rosporden, le 10 août 1895.

XXXI. — LE PÈRE DE LA CAUNELAYE.

GUSTAVE-MARIE-VICTOR du Breil de la Caunelaye, fils aîné d'Auguste-Marie, dixième
comte de Pontbriand, et de Marie-Anne le
Pays du Teilleul, aurait dû s'appeler lui-même
le comte de Pontbriand, titre auquel il renonça
de bonne heure pour la qualification d'abbé,
ou plutôt de *Père de la Caunelaye,* sous laquelle
il fut connu toute sa vie.

Né à Fougères (Ille-et-Vilaine), le 2 octobre 1832, dans le vieil hôtel patrimonial de sa
famille maternelle, il fit ses études chez les
Eudistes de Saint-Sauveur de Redon, puis au
collège ecclésiastique de Saint-Vincent à Rennes,
dit *Pension-Bréchat.*

C'était alors un de ces jeunes gens bien doués,
quoique médiocrement laborieux, qui semblent
avoir la spécialité de prendre sur leurs cama-
rades un ascendant de plus ou moins bon aloi,
par leur caractère franc et ouvert, un esprit
plein de saillies, volontiers satirique, voire un
peu frondeur, fécond en inventions originales,
par des muscles même, d'une trempe excep-

tionnellement vigoureuse, qui leur permet, au
besoin, de s'ériger en redresseurs de torts ;
« mauvaises têtes », dit-on, sans pouvoir toujours ajouter : « bons cœurs », du moins si
l'on s'en rapporte au jugement bien connu —
peut-être un peu sévère, — de Joseph de Maistre.

Il causa ainsi à ses maîtres, au cours de son
éducation, plus de déboires et de soucis que
de satisfaction, et l'on peut en dire à peu près
autant de sa famille. Il paraît, cependant, que,
dès lors, sa vocation future s'éveillait en lui
et y prenait corps à l'état plus ou moins latent ;
mais il ne manqua pas de faire tout ce qui
était en son pouvoir pour en écarter l'obses-
sion importune. Sorti du collège, il s'embarqua
même, certain jour, pour l'Amérique, à l'insu
de ses parents, et l'on prétend qu'il simula un
naufrage tragique, à la suite de quoi, il reparut
tout à coup dans ses foyers, au moment où
tous pleuraient sur son trépas.

Toujours est-il qu'il alla, bientôt après, frapper à la porte des Pères de la Compagnie de
Jésus, au noviciat desquels, à la stupéfaction de
tous, il entra à Angers, le 6 janvier 1853.

Ce fut dès lors un religieux absolument
exemplaire et zélé, mais quelque chose lui
resta toujours de son premier naturel.

Il eut deux spécialités dans les diverses situa-
tions auxquelles l'appelèrent ses supérieurs ;
ce fut d'abord l'apostolat des ouvriers et des
classes populaires, qu'il étonna quelquefois par
des prédications d'un genre assez nouveau pour
la plupart, sans tomber cependant jamais dans
cette sorte de démocratisme, devenu depuis à
la mode chez quelques prétendus novateurs.
En second lieu, ce fut la direction des jeunes
gens, qu'il sut amener également à ses fins par
des voies qui n'auraient pas été celles de tout
le monde.

La forme souvent insolite de son prosély-
tisme déconcertait un peu les idées ordinaires,
mais ne le rendait pas moins efficace. C'était,
en somme, un apôtre d'allures très spéciales.
On aurait pu dire de lui : « *Castigat ridendo.* »
Il semblait prendre en tout le contrepied du
type admis comme celui du Jésuite classique ;
mais le Diable, ou le Bon Dieu — *dans l'espèce*
— comme disent les gens de la basoche, n'y
perdait rien. Combien de fois nous avons
entendu dire à certains pécheurs : « Si j'ai des
comptes à régler pour ma conscience, je demande que ce soit par l'intermédiaire du Père
de la Caunelaye! »

Avec cela une austérité très grande pour lui-
même, que nul n'aurait soupçonnée, tant il la

cachait soigneusement sous des apparences
joviales et des manières *bon enfant,* peut-être
même quelque chose de plus.

Ordonné prêtre le 23 décembre 1865, et
admis à prononcer ce qu'on appelle les grands
vœux, le 2 février 1870, il passa successivement
par les écoles ou collèges de Vannes, Paris (rue
des Postes), Vaugirard et Le Mans, alternant
avec le ministère apostolique dans les rési-
dences de Brest, Rouen, Blois, Poitiers, Bourges
et Nantes. C'est dans cette dernière maison
que sa santé, longtemps très robuste, déclina
sur la fin de sa vie. Il y mourut le 22 septembre 1898, et sa famille obtint, contre les habitudes de l'ordre de Saint Ignace, que ses restes
fussent transférés dans la chapelle du château
de la Caunelaye où ils furent inhumés, auprès
des siens, le 26 du même mois.

QUELQUES DOCUMENTS

I

**Extrait de l'*Histoire de Bretagne* de messire
Bertrand d'Argentré.** Chapitre CCCXCI.

« ..... Ce fut chose moult estrange et contre nature comme ce prince (François Ier, duc de Bretagne) fut mené et imbu contre son propre frère, et
aussi tascha par tous les moyens qu'il peut trouver de
lui oster la vie ; et pour y parvenir, il le chargea fort
longuement par justice et fit rechercher des plaintes
et doléances de luy, de toutes parts, et commanda à
son procureur général, qui estait lors messire Olivier du Breil, d'instruire l'accusation et fournir et
dicter une plainte contenante toutes les imputations
qu'il pourroit. Et pour cest effect, le manda venir à
luy diligemment en l'église des Cordeliers de Dinan,
pour le charger bien étroictement de ce faict, en la
présence du sieur connestable de Richemont, qui
sollicitoit tant qu'il pouvoit la délivrance de ce
pauvre jeune prince. Ledict du Breil, encore qu'il
s'en excusast, si fut-il bien précisément chargé de ce
faict... Quelques jours après, le duc de Bretaigne
assembla son Conseil où estoient présents messei-

gneurs l'évesque de Saint-Brieuc, le sieur de Montauban, Artur de Montauban, Robert d'Espinay, messire Jean Hingant, le chancellier, le président et le
séneschal de Rennes, qui estoit lors messire Jean
Loisel, et leur représenta plusieurs lettres qui
avoient esté trouvées au Guildo et à Vennes, venues
d'Angleterre, et les fist lire, qui furent déposées
entre les mains dudict messire évesque de Sainct-
Brieuc. Et fut ordonné que les gens dudict messire
Gilles... seroient interrogez, et furent commis pour
cela le président, le séneschal de Rennes et ledict
du Breil, ce qu'ils firent. Le Duc partit sur ce point
et s'en retourna à Chantocé où il manda son Conseil
et les susdicts... où les pièces, lettres et charges furent revües, et commandé à du Breil, procureur-
général, de fournir son accusation. Il respondit
qu'on lui baillast les articles sur quoy la faire, et que
selon iceulx il fourniroit son accusation et aultre
chose n'y feroit ; ce qu'il fist ; et ayant dicté une
forme d'accusation en termes généraux... sans le
charger de nul crime en particulier, la présenta au
Conseil ; ce qui ne fut pas trouvé bon ; et luy fut
baillé une instruction particulière, et oultre ordonné
qu'il seroit faict distribution de conseil au Duc et
audict messire Gilles, selon la façon d'alors, car le
Duc se faisoit partie et accusateur en teste, auquel
Duc escheut ledict Dubreil (*sic*) et à messire Gilles,
messire Jean Loisel, séneschal de Rennes, qui firent
leurs remontrances en présence du Duc, audict lieu
de Chantocé ; sur ce les advis furent pris... Les uns

furent d'avis qu'on luy fist son procès, les autres d'opinion contraire attendu sa jeunesse. Du Breil s'excusoit de ne poursuivre l'accusation, mais le Duc ayant ouy le rapport du tout, luy commanda fort rudement de faire son estat, sans plus en parler, et qu'il dressast des articles pour les apporter à Redon, aux Estats qu'il y avoit faict convocquer, ce qu'il fist, et les apporta à Redon, où le Duc les fist revoir en grande assemblée des gens de son Conseil, et furent les articles additionnez et corrigez et baillez au séneschal de Rennes pour en faire remonstrance aux Estats... Et bien tost après, allant le Duc devers le Roy, à Razillé (c'est près Chinon), fist venir ledict du Breil avec les articles qui furent mis entre les mains de messire Guillaume Cousinot, maître des requestes de l'Hôtel du Roy, qui en fist rapport au Roy, lequel, à la sollicitation de Montauban et Hingant, ils mirent toute peine à altérer contre ce pauvre jeune prince, vers lequel le Duc ne s'appaisait en nulle sorte. Le retour du Duc fut à Châteaubriant où fut amené messire Gilles, et on commença à informer de plus belle ; et la matière mise en délibération, la commune opinion du Conseil fut qu'on luy fist son procès..... Si continua l'on d'informer à Nantes, à Vennes et ailleurs, et les informations conclutes en juillet mille quatre cent quarante-sept, furent rapportées devers le Duc, lequel lors demanda à son procureur général que luy en sembloit. Il répondit qu'il luy sembloit bien qu'il y avoit de la charge assez pour soutenir l'emprisonnement. Le Duc insista et luy dit : « et au parsus, qu'avez-vous délibéré d'y faire ? » Le bon homme procureur général [1] respondit, ou ce fust qu'il le pensast à la bonne foy, ou qu'il voulust se servir de prétexte, qu'il ne voyoit pas ce qu'on y peut faire, et que par la coustume, l'aîné n'avait point de justice criminelle sur son juveigneur, et que le Duc ne le pouvoit justicier par sa justice..... Et luy répliqua le Duc : « Eh bien ! (dit-il), cela faict, que profiteroit tout ce qui a esté faict ? » Et de là en avant, se rebuta de plus poursuyvre en la voye de justice, ny depuis n'en fut parlé aux officiers.

« Cela se fist plus de trois ans avant sa mort, mais il ne laissa pas de traicter à couvert de pires moyens que ceux-là : et fist en secret parler à plusieurs en très mauvaise intention, et entre autres, s'adressant à messire Jean Hingant, à Olivier du Méel, leur ouvrit son intention. Quant à messire Jean Hingant qui estoit du Conseil du Duc, et si dédié à son service qu'il faisoit estat qu'il exécuteroit ce qu'il luy diroit, on ne sçait ce qu'il répondit lors ; mais, une nuict, estant le Duc à Nantes, ledict Hingant y estant mandé avec du Méel et venu, se trouva fort en peine de ce que luy avoit dit le Duc, et craignait luy désobéir, et luy obéissant, il se voyoit tomber en danger

---

1. Remarquer qu'à cette époque, cette expression signifiait seulement : Le bon procureur général, avec accentuation du qualificatif *bon*, comme qui dirait le très bon ou *l'excellent*. Pour mieux dire, c'était le *vir bonus*.

appareñt, à ceste cause, pria du Breil, procureur général (comme son amy)[1], de luy faire ce bien de venir parler à luy, environ une heure après minuict, afin qu'il ne fust veu de personne, et surtout de Olivier du Méel, de peur d'estre descouvert, ce fut celuy qui depuis y mit la main. Ainsy du Breil se trouva sur le minuict devers Hingant, lequel luy ouvrit ce que le Duc lui avoit dict. J'ay veu la déposition dudict du Breil, qui fut depuis interrogé sur le procès de ceux qui meurtrirent messire Gilles, qui ne dépose quel propos luy tint Hingant, mais seulement qu'il le pria que, pour Dieu, il le voulust conseiller. A quoy luy respondit qu'il n'avoit pas sagement faict d'avoir soutenu le Duc en ce propos qu'il luy avoit dict, et qu'il devoit s'en estre deschargé plus tost, qu'il ne voyoit remède sinon qu'il se retirast hors du pays, et que s'il arrivoit malheur à messire Gilles, que ledict Hingant et ses enfants seroient détruits. Et à ce conseil, se retira Hingant, duquel depuis, le Duc parlant audict du Breil, dit que Hingant ne valoit rien, et qu'il estoit le plus lasche homme du monde. Voilà le discours de ce qui se passa, recueilli de la déposition d'Olivier du Breil, qui montre que le Duc avoit entretenu ce Hingant de quelques mauvais propos, auxquels ayant presté l'oreille, il s'estoit peu après repenti au con-

---

1. Ce qui explique cette amitié, ou du moins ces relations, c'est que le château du Hac, propriété de Hingant, était dans le voisinage prochain de celui du Chalonge.

seil dudict du Breil, pourquoy le Duc l'accusoit de lascheté ; si en fut-il depuis acusé parmy les autres, et se sauva à grande peine. »

II

Testament de Roland du Breil, seigneur de Rays et des Hommeaux.

« *In nomine Domini amen.*

« Je Rolland du Breil, sain en pensée, étant en bon propos. La merci de Dieu considérant, la fragilité humaine, et que rien n'est plus certain que la mort, ni rien plus incertain que leure d'icelle, fais et ordonne mon testament et dernière volonté en les forme et manière qui ensuit :

« *Premier*. Je donne mon âme à Dieu, mon père créateur, et la recommande à la benoiste vierge Marie, à Monsieur sainct Michel, à Monsieur sainct Jehan, aux benoists apostres sainct Pierre et sainct Paul, et à toute la benoiste court céleste, et donne mon corps à la terre saincte, à être ensepulturé en l'église des Frères Prescheurs de ceste ville de Dynan, devant l'autier de Notre Dame du Miracle, en tel lieu que plaira aulx prieur et relligieux du couvent desdictz Frères Prescheurs, mais que ce soit devant ledit autier.

« *Item*. Je veulx et ordonne que, au jour de mon enterrement et après, qu'incontinent, de jour en jour, le plus tost que se pourra faire, soint dictes et célébrées milles messes pour l'âme de moy et de mes amis trespassez et pour ceulx pour lesqueulx je suis obligé et tenu prier et fere prier ; et le résidu de mon dit enterrement, comme de draps, de luminaire que autres coutz, je veux qu'il en passe à égard de mes exécuteurs cy après nommés.

Item. Je veulx et ordonne que à jamés et en perpétuel, soint dictes et célébrées troys messes en basse vouez, par chacune sepmaine, aulx jours de lundy, mercredy et vendredy, en ladicte église, et audict autier de Notre Dame de Miracle, pour l'âme de moy et de mes amis trespassés, et veulx que mes fammes défunctes ensépulturées à Sainct Sauveur et ailleurs, avec Jehanne Gouyon, ma famme de présent, soint participantes èsdictes messes, et pour les paines et labeurs des relligieux qui feront ledict service, je leur donne et veulx que ainst quinze livres de rente, qui leur seront payées chacun an par la main de mon hoir principal.

Item. Je veulx et ordonne qu'il soint donné pour l'amour de Dieu, après ma mort et mon enterrement, par la main de mes exécuteurs, la somme de cinquante livres forte monnoye.

Item. Je veulx que mes debtes soient payées et mes forfaits amandés, si auchuns sont, a esgard de mes exécuteurs et de gens de bien et de confiance, et pour ce que je entens abvoir payé la pluspart de mes debtes, et quasi le tout dès ma saine vie, toutesfoiz si oultre a quelqu'ung quel je aye oblié et mips en erre sans le avoir récompensé, se il est gentilhomme ou bourgeois et homme de foy que l'on puisse présumer qu'il ne voudroit nullement se parjurer, je veulx qu'il soit receu sous la somme de cent souls, et que soit satisfait, jurant la debte luy estre deue loyaument ; et se il est homme de bas estat, comme laboureur, varlet ou gens de journée, je veulx que ils soint receus sous la somme de dix souls, jurant la debte leur estre deue loyaument, et qu'il soit présumé de eulx que ils ne se voudroint parjurer, et que ils soint récompansés sur les biens de mon fils aisné et de ma famme.

Item. Je veulx que les robes, fourrures, abillement, jouyaulx, aniaulx d'or, garnis de pierres précieuses, chaisnes, ceintures, patenostres d'or et aultres choses qui ont été faites à usage de ma famme Jehanne Goyon, et luy ay baillées et données et dont elle a usé et use et qui luy peust servir auchunement lui demeurent quittes et franches, sans que soint précomptées ne rabattues sur la part du partage qui lui peust appartenir sur les biens, meubles de la communauté d'entre elle et moy, et est ceste clause par abondance à cautelle, et pour espéciale provision pour ce que par la coustume du païs et droit commun de ce païs, fame à noble peust et doist jouir de telles et pareilles choses, renonçante ou non renonçante aulx biens meubles de la dicte communauté et en cas que en ce, s'en feroiht aulcun doubte ou scrupule, je donne à ma dicte famme, par manière de lettre et de don après mon trespas, icelle, dictes choses, défendent et prohibent à mon hoir principal et à tous aultres de non lui en fère question ne débat, sus peine du double de l'estimation de icelles choses, et oultre celuy double de estimation, je veulx que celles choses luy demeurent franches comme davant.

Item, je veulx que tous mes abillementz, robbes, pannes, tissus, baguette d'or et un cignet d'or et ma haquenée que je chevauche soient et demeurent à Charles de Breil, mon fils aisné, sans qu'ils lui soint rien comptez sur sa part des biens meubles que luy peult appartenir par cause de ma succession.

Item, mes libvres en françois demoureront à Charles du Breil, mon fils aisné et mon dict hoir principal, et ceulx en latin, tant de loix que de droict canon que aultrement, seront baillés à Guillaume du Breil, mon fils, qui en retiendra et aura pour luy desquels que il luy plaira; sauf à en départir à ses frères, se il voit que ils soint bien employés en eulx.

Item, comme ainsi soit que Raoul du Breil me soit redevant et debteur en la somme de dix livres

13

de rente par obligation que me fist Ollivier du Breil,
son père, à cause du droict que me appartenoit pour
la succession de mes feulx père et mère, sur quoy
m'a esté baillée une portion sous vingt-cinq soulz de
rente ou environ que s'en pourra bien rectifier, et le
parsur me reste toutefois de tous les arrérages du
temps passé jusqu'à leure de mon décez, je le quitte
et le quitte de tous iceulx arrérages et veulx que rien
ne luy en soit demandé pour aucune chose en quoy
je luy peux être redebvant..

Item, je veulx que chacune des ventes et octri-
ses (?) des seigneurs sous qui je acquis soint payez
loyaument, sy par apoinctement on ne le peut fère,
jaçoit que bien peu en reste que je n'aye payé ou qui
ne m'ainst esté donnés.

Item, touchant le faict du seigneur de Vandelle et
de sa femme qui demandent à abvoir part et portion
par raison du décès de Guillemette de Champaigné
feue ma femme, tant en meubles communs que ès
conquests, qui furent faicts durant le mariage. Toutes
choses considérées qui sont déclarées par un brevet
que j'ai par devers moy, et que je remontre audict
sieur de Vandelle, si l'on luy bailloit cent cinquante
escus, c'est plus qu'il ne luy appartient, ce que je luy
ay offert toutefois abvant que appoinctement n'y fust
trouvé. Je conseille et veulx que luy en soit baillé
deux cent, et s'il ne le veut pas, soit plaidoyé avec luy
par justice.

Item, pour cè que je payé plusieurs debtes que je debvois et dont les aulcunes me ont été données et aultrement satisfaict loyaument, desquelles jé faict et rédigé un petit mémoir signé de ma main de peur de oblier ceulx auxquels je abvois faict poyement et satisfect, et pour rendre mes choses et mes faicts plus clairs, ay faict ceul ce petit mémoir, et lequel, se il en est métié et qu'il puisse servir à quelque chose, pourra estre veu et leu, selon que aviseront mes exécuteurs, et est celuy brevet en date du seizième jour de may l'an mil cinq cent.

Item, je veulx que au lieu de ma sépulture soit mis et assys un tombeau de pierre de Quérrinan, honneste, quel sera armeay de mes armes, escript du jour et an en datte de mon trespas, et afin que les relligieux souffrent et permettent ce fère et pour le debvoir de mon enterraige et sépulture, je donne au couvent et frères d'avant dict cinquante escuz une fois payés.

Item, je donne aux dames de Sainte Clère pour estre moy et mes amis vivants et trespassés en leurs bonnes prières, dix livres une fois payez.

Item, je donne à Dom Pierre Legendre pour récompense (des services) qu'il m'a faict ma vie durante, dix escus une fois payez.

Item, je donne à Jehan Beaubois, mon serviteur,

pour les services qu'il m'a faict, dix escuz une fois payez.

Item, je donne à Guillaume Garret, mon serviteur, pour les services qu'il m'a faict, quatre escuz une fois payez.

Item, je donne à Jehan Mauvoisin, mon serviteur, pour récompense des peines et labeurs qu'il a eu avec moy, et pour obvier à scrupule de conscience, six escus une fois payez.

Item, je donne à Matheline Rogeul, damoiselle de ma famme, troys escus en oultre et salaire de son service, une fois payez.

Item. A chacun de mes aultres serviteurs familiers, demourant conjointement en ma méson, en oultre que je veux que soint payez de leurs services, je donne à chascun ung escu.

Item, je veulx que Jacques Leroy bastart ayt et jouysse de sa pension de cent sols de rante sa vie durante.

Item, je donne et lègue à ma fille Estaisse vingt escuz une fois payez.

Item, je eu autrefois de Jehan Ferron ung décret pour la somme de dix libvres mon. quel abvoit esté à mestre Raoul Dutertre et vault moult plus que la debte. Je ordonne que le décret soit rendu aux enfans dudict Jean Ferron et quitte ladicte dette.

Item, je donne à Sainct-Sauveur de Dinan cent sols une fois payez.

Item. A Sainct Maslo de Dynan, dix libvres une fois payez.

Item. A Nostre Dame de Lhotellerie, trante solz une fois payez.

Item. A lopital Brécel, vingt-cinq sols une fois payez.

Item. A Sainct Nicolas de Dynan, dix solz une fois payez.

Item. A hoirs de Robert Seré, du costé devers la femme dudit Seré, leur sera baillé et payé, par la main de dom Pierre Legendre, dix libvres, et s'il ne trouve à qui les bailler, soint donnes aux Jacobins et à Saincte-Clère moitié par moitié.

Item. Es hoirs Jamet Baron, par cause de une pièce de terre acquise de Jehan Caillet, est deu chacun an de rante troys deniers ; veulx que leur soit payé le principal et les levées de tout le temps qui leur est deu.

Item. Touchant le fait de Turenne *(sic)*, soit sceu

s'il leur est rien dëu, et qu'il leur soit payé, sy il est trouvé, soubs la somme de vingt souls une fois payez.

Item. Je donne aux Frères Prescheurs soixante souls de rente que me doit Jehan Lambert, ciergier, pour entretenir doze cierges, dexquels deux seront de chacun deulx libvres, et deux de chacun une libvre cire, debvant l'ymaige de Notre Dame de Miracle, à jamais et en perpétuelt, et seront lesditz cierges allumés, chacun jour, à leure du salut après complies.

Item. Pour ce que je avisé que j'e eu une certaine quantité d'or, comme environ cent escuz, de Ollivier Robert, pour ce qu'il abvoit empesché la sépulture de ma famme Jehanne de Québriac, et que je debvois regarder en ma conssiance se il abvoit nul droit de la empescher ; toutefois, sur le tout bien avisé, je ordonne qu'il soit payé à ses hoirs la somme de vingt escuz une fois payez.

Toutes et chacune les choses davant dictes, je veulx et ordonne être ainsi faictes et accomplies, et que ce présent mon testament et derraine volonté vaille et sorte son effect plein et exécution quant à tout et chascunes les clauses y comprises, en la meilleure et le plus grande forme et manière que faire se pourra, et que l'une clause ne soit vittiée et annulée pour l'aultre, en révouquant tous aultres testaments ou codicilles testamentaires, si aucuns sont que aye faict par davant ce jour.

Et pour le faire et meptre à exécution, je élis et choisis à exécution de ce présent mon testament, Jehanne Gouyon, ma famme, Charles du Breil, mon fils aisné, Jehan Ferron et Dom Pierre Legendre, auxquelles et chacun je oblige tous et chacuns mes biens meubles et héritaiges présents et futurs, jusqu'à l'accomplissement de mondict testament, et veulx que Jeanne Gouyon ma famme ayt la principale charge des choses davant dictes.

Donné et faict en la ville de Dynan, en la mason où suys a présant demourant, soubs mon signe manuel, avec les signes et vérifications de Jean Ferron, notaire et tabellion de la court de Rennes à Dynan, et de Dom Pierre Legendre, cy mis et apposé à ma prière et requeste, et de mon commandement, le second jour du mois de may l'an mil cinq cent et ung [1]. Ainsi signé : Rolland du Breil, Gilles Ferron présent fut J. Ferron, passe. P. Legendre... et du Breil, présent fut. *Omnibus prædictis ad salutem.*

Ensuite est écrit : Collationné à l'original nous apparu et représenté par le Révérend père Thomas Patard, procureur syndic du couvent des Reverands pères Jacobins de Dinan y demeurant, et ledit original luy rendu avec le présent par nous notaires des

---

1. Comme on l'a déjà remarqué, ce *ung* peut être assez aisément pris pour *cinq*, à défaut de point sur l'i.

baronnies de la Hunaudaye Montafillant, au siège de Plancoët, sous son signe et les nostres, ce cinquiesme janvier mil sept cent vingt quatre.

Signé . . Frère Pataud, procureur, Salomon not^{re}, Ledéan, not^{re} :

Tiré des archives de Clays-Palys.

III

Fondation par Julien du Breil et Marie Ferré, seigneur et dame du Pontbriand, aux Jacobins de Dinan.

Acte de fondation faite entre les religieux Dominiquains de Dinan et messire Julien du Breil, chevalier de l'ordre du Roi, et dame Marie Ferré, sa compagne et épouse, sieur et dame de Pontbriand et du Boisruffier, par lequel acte lesdits religieux lui accordent d'avoir un enfeu prohibitif dans la chapelle de Saint-Thomas, avec un tombeau élevé de trois pieds et demi et un banc à queue armoyé de leurs armes, et reconnoissent lesdits religieux que c'est en considération de ce que les prédécesseurs dudit du Breil avoient de tout temps fait de grands biens et aumônes audit couvent, entre autres messire Roland du Breil, en son vivant sieur de Rays et des Hommeaux, aïeul dudit sieur de Pontbriand, qui avoit donné plusieurs rentes et fait rembrisser toute leur église et cloitre ; en faveur de quoi ils leur promettent de chanter une messe tous les samedis de chaque semaine ; ledit acte en date du 27ᵉ septembre 1574 [1]. (Extrait des *Preuves pour la Réformation de 1668*).

IV

Extrait du *Pouillé historique de l'archevêché de Rennes*

par l'abbé GUILLOTIN DE CORSON. T. V, pp. 758, 759.

« ..... Dès 1612, le sire de Pontbriand avait une chapelle prohibitive en cette église (Saint-Briac), car, en cette année-là, Jean du Breil, seigneur de Pontbriand, fonda par testament une messe tous les mercredis « en l'église de Saint-Briac, dans la chapelle et à l'autel de Notre-Dame, vis-à-vis le tombeau dudit testateur estant dans ladite église ». Il fonda aussi une autre messe, le lundi en sa chapelle de l'église de Pleurtuit, et une autre messe le vendredi, en sa chapelle de l'église de Saint-Lunaire [2] ; et de

1. Date certainement plus exacte que celle du 27 septembre 1554 donnée par André du Chesne et du Paz, et raison de la qualité de chevalier de l'ordre du Roi, portée par Julien du Breil.

2. En 1612, dit le même abbé Guillotin de Corson (t. VI,

plus la distribution d'une mine de blé en pain aux pauvres de Pleurtuit, le jour Saint Jean-Baptiste, et autant aux pauvres de Saint-Briac, le jour de la Trinité. — En 1627, l'ordinaire autorisa René du Breil, seigneur de Pontbriand, à faire desservir dans la chapelle de son manoir de Pontbriand les messes susdites fondées à Pleurtuit et à Saint-Briac. Ce seigneur fonda en même temps, en ce sanctuaire, une messe tous les dimanches, de sorte que le chapelain de Pontbriand y disait la messe tous les lundis, mercredis et dimanches. »

V

Testament de René du Breil, seigneur de Pontbriand, et de Jacquemine de Guémadeuc.

Testament de messire René du Breil et de dame Jacquemine de Guémadeuc, seigneur et dame du Pontbriand, du Pin, de la Garde et de Richebois, demeurant audit lieu de Pontbriand, paroisse de Pleurtuit, évêché de Saint-Malo, fait le 15e du mois d'août

p. 126), Jean du Breil, seigneur de Pontbriand, légua une rente de deux mines de paumelle, pour la fondation d'une messe « à dire le vendredi de chaque semaine en la chapelle de Pontbriand dépendant de ladite église ».

de l'an 1616, par lequel ils veulent être inhumés en l'église dudit lieu de Pleurtuit, dans la chapelle et enfeu du Pontbriand, à côté du tombeau sous lequel reposaient les cendres de leurs prédécesseurs, ordonnant qu'on ne leur fît aucune pompe funèbre après leur décès, non plus qu'aux plus pauvres gentilshommes de la paroisse. Ils veulent que le testament de messire Jean du Breil, seigneur de Pontbriand, père dudit testateur, soit exécuté pour le regard des legs et œuvres pieuses qu'il contenoit, et qu'outre deux messes par semaine qui avaient été fondées dans ladite église de Pleurtuit, l'une par ledit seigneur de Pontbriand, et l'autre par feue dame Antoinette de Pontbriand, dame dudit lieu, il en fût dit une troisième, etc... Le testateur donne à ladite dame sa femme la terre et seigneurie du Pin et les métairies, moulins, dixmes et baillages en dépendants, ce pour la sûreté de la somme de vingt mille livres provenant de la vente faite par ledit testateur à messire Jean Thomas, seigneur de la Caunelaye, des fiefs, juridictions et dépendances de Vaucouleur en Corseul, lesquels appartenoient à ladite dame ; et comme ladite terre du Pin, qui est d'une valeur de douze cents francs de rente, excède de deux cents francs de rente le prix de la vente de la terre de Vaucouleur, ledit testateur veut qu'en cas que ladite dame sa femme lui survive, elle jouisse desdites deux cents livres de surplus pour son droit de douaire, au moyen de quoi la terre et chastellenie du Pontbriand demeureroit auxdits enfants mineurs, etc..., et ledit testateur donne à Etienne-Claude du Breil, son oncle, seigneur de la Marche-Pontbriand, le revenu de la maison et métairie de Vaurouault, sa vie durant, pour servir à sa nourriture et entretien.

Ce testament, signé : René du Breil, Jacquemine de Guémadeuc, et d'Angoulvent, recteur de Pleurtuit, fut approuvé, le 20 septembre 1616, par Thomas de Guémadeuc, baron de Guémadeuc et gouverneur de Fougères, frère de ladite dame, plus, le 1er dudit mois, par Pierre de Chasteaubriand, seigneur de Beaufort, cousin germain, et, le 10 novembre de la même année, par le baron de la Muce-Bruslon, oncle du testateur.

Avec un acte de confirmation du 3 août 1617, signé : René du Breil, *depuis estre guéri*, Jacquemine de Guémadeuc, Claude du Breil, François l'Advocat, Rouan, notaire ecclésiastique, Julien le Dos et J. le Mahé. — *Preuves de Jean-Baptiste-Tanguy du Breil de Pontbriand, pour les Pages du Roi, de la Grande-Ecurie.*

VI

Fondation par René du Breil à Saint-Sauveur de Dinan.

Acte de fondation faite par messire René du Breil, chevalier, et dame Jacquemine de Guémadeuc, sieur et dame de Pontbriand, et le corps politique des paroissiens de Saint-Sauveur de Dinan, qui accordent auxdits sieur et dame du Pontbriand, qu'en considération des obligations qu'ils ont à leurs ancêtres, il sera dit à perpétuité une messe chaque semaine, pour les seigneurs du Pontbriand, avec les prières nominales, ledit acte en date du 30ᵉ janvier 1611. — *Preuves pour la Réformation de la noblesse de 1668.*

VII

Autre par le même à Pleurtuit.

Requête présentée au révérend père frère Guillaume Rouxel, docteur en théologie de l'université de Paris, du couvent des Frères Prêcheurs de Dinan, le 10ᵉ juillet 1622, par laquelle se voit que ledit sieur du Pontbriand (René du Breil) fit l'établissement du Saint-Rosaire dans la paroisse de Pleurtuit, où il parle comme fondateur de ladite église, cymetière, presbytère et dépendances, où parle et est aussi dénommé messire Claude d'Angoulvent, recteur, messire Mathurin Bugault, subcuré d'icelle paroisse et autres prêtres de ladite paroisse, messire Christophe Desnos, chevalier, seigneur de la Motte-Tourande et du Pont ; écuyer Julien d'Yvignac, sieur du Closneuf et de la Boussarde ; écuyer François Olivier, sieur de la Villeaumorays et des Boisaupiette ;

écuyer Noël Chauchard, sieur de la Villemé et de la Villeneuve ; écuyer Jean de Rocheford, sieur de Gardon, et autres paroissiens de ladite paroisse de Pleurtuit. — *Mêmes Preuves.*

VIII

Autre par le même à Saint-Briac.

Du 20ᵉ octobre 1629. Nous, René du Breil, sieur chastelain du Pontbriand, la Garde, la Houlle, ayant en vue la piété et dévotion des paroissiens de Saint-Briac, comme ils ont requis et obtenu la confrérie du Saint-Rosaire estre establie dans leur esglise, à l'autel de Notre-Dame, et m'ayant fait part que ledit autel n'est pas paré et assorti comme il appartient, etc... s'engage à contribuer de tout son pouvoir à l'accomplissement d'une si bonne œuvre, sans toutefois prétendre autres droits et prérogatives qu'avant l'établissement de ladite confrérie, n'ayant en vue que la gloire de Dieu, etc.

Signé : RENÉ DU BREIL.

Registres de Saint-Briac.

IX [1]

Quelques lettres du capitaine Breil, à Jacques II futur maréchal de Matignon, témoignant de son désintéressement, de son extrême franchise et de son zèle pour la Religion Catholique.

A Monsieur, Monsieur de Matignon, gentilhomme ordinaire de Chambre du Roy et son lieutenant en Normandie, à Bailleulx.

Monsieur, je (j'ai) receu la lettre que m'avez escripte par Saint-Jean, présent porteur, et veu comment Monsieur de Bouillon s'en revient de Cans (Caen). Je scay bien qu'il me menace ung peu et que vous estes bien avant à la taille ad ce qu'il dict. Quant à moy, il ne seroit (saurait) que dire, sinon que je n'ay voullu faire prescher en ceste ville selon qu'il m'escrivit de Cans du XVe de may que j'eusse à faire vivre tous les habitans selon ledict de janvier. Je lui mandé par Londel, en vostre présence que je n'en fecrois rien et que je n'estois point envoyé à Grandville

1. Ces lettres sont prises presque au hasard, parmi les 27 du même au maréchal, et dont quelques-unes ont donné lieu déjà à des emprunts plus ou moins importants.

pour ceste affaire. Monsieur il y a longtemps que je
vous fusse allé veoir, n'estoit qu'il ny a un seul liard
en ceste place. Il y a ci longtemps que merveille (?)
que je vous advise que incontinant que me manderez
pour aller ou vous mavez escript, je ne fauldray à
vous faire compaignie la part (?) ou il vous plaira.
Je massure que sil y a justice au monde quil aura
fort affaire à se deffendre [1]; touteffois jay entendu
quil a esté très bien venu [2]. Je vous supplie humblement voulloir envoyer quelque peu dargent en ceste
ville pour satisffère à la reste des cent hommes que
je y ay mis par vostre commandement. Monsieur en
attendant vous veoir, me commanderez ce quil vous
plaira pour ne faillir de l'accomplir, me recomman-
dant très humblement à vostre bonne grâce, suppliant
le créateur, Monsieur, vous tenir en parfaicte santé
longue et heureuse vie. De Grandville ce IXe de décembre 1562.

LE BRUEUL.

A Monsieur, Monsieur de Matignon, gentilhomme ordinaire
de la Chambre du Roy et son lieutenant-général en Nor-
mandye. A Bailleulx.

Monsieur, Il me tarde que je nentends de vos
nouvelles ; je y fusse allé moy mesme, mais il se
veoid journellement navires de guerre le long de

---

1. Allusion certaine aux rapports du duc de Bouillon avec la
Cour, quoique l'explication soit un peu insuffisante.
2. Autre allusion au même.

ceste coste et aussy que les soldats sont si mal paiés que l'on (ne) sait à quoi se tenir deulx ; car je vous promets que je y ai mis ce que jay peu fournir (fourniture très désintéressée, bien entendu). Les cent hommes que vous avez mis céans s'en sont presque tous allés à Coustances et ailleurs où ils savent que l'on paye : aussi ces arquebusiers à cheval sont de jour en jour après moi vivans par les champs, ce que entendez bien que ne ce peut faire sans désordre, vous suppliant très humblement, Monsieur, y vouloir pourveoir (Eternelle et malheureuse question de fiuance). Il me semble que de ceste heure ils sont une bonne trouppe. Je croy quand vous aurez pensé que servent les gens de pied qui se payent à Coustances, vous trouverez que cest argent perdu ; cela vous serviroit bien pour entretenir vos gens de guerre qui feroient service si venoit une affaire, car il ny a un seul homme de faction adict Coustances que quelques uns qui sont sortis de céans, qui estoient d'assez bons hommes. Monsieur, je vous supplie me commander ce qu'il vous plaira par deça ; je ne faillirai de l'accomplir en rien, et en cest endroict me recommande très humblement à vostre bonne grâce, suppliant le Créateur, Monsieur, vous tenir en parfaicte santé, longue et heureuse vie. A Grandville, ce XVIIe de novembre 1562.

Vostre plus affectionné à vous faire service.

LE BRUEUL.

Les Huguenots lèvent loreille de tous costés et (disent) que cest à ce coup que ils ont gaigné leur cause.

A Monsieur, Monsieur de Matignon, cappitaine de cinquante hommes d'armes des ordonnances du Roy et son lieutenant en Normandye.

Monsieur, je suis adverty que le camp des ennemis vient par deça après après avoir prins le chasteau de Cans. Comme scavez, vous mavez laissé sans hommes ne moyen d'en avoir (plaintes qu'on ne s'épargne pas), car encores si peu que javois de reste de mes arquebusiers à cheval ils disent tous estre enroslés en vostre compaignie et s'en vont de çà de là de tous costés ; il m'est venu des hommes, mais je ne les tiendray une heure s'il ne sont paiez. Le tresorier (toujours même et trop juste note) qu'avez avecques vous et ung clerc qui avoit accoutumé de paier en ce pais, il me semble quil devoit bien demeurer icy pour fraier aux choses nécessaires (conseil non déguisé). Monsieur, vous scavez quil est temps d'emploier ses forces ; je vous supplie me mander si me voulez faire secourir de ce qui est nécessaire pour la deffense de ceste place affin qu'il ne m'en advienne comme aux aultres, et vous supplie de rechef de me renvoier ce messager en diligence. Vous les verrez incontinent maistres de la campaigne de ce bas pays avec tous les désordres du monde. Ad ce que jay entendu, monsieur de Longaulnay n'a pas délibéré de prendre charge veu le temps qui est court. Ce qui me fait vous escrire tout cecy c'est que j'espère ne vous reveoir de longtemps. Je pense bien que le gouverneur d'Avranches quittera bientost sa place. Le mont Saint-Michel s'en va le mieulx garny de gens que place de tout ce pays-ci.. Il est vray que ce ne sont des plus hardis. Je ne vous feray plus longue lectre fors me recommander bien humblement à vostre bonne grace, suppliant le Créateur,

Monsieur, vous maintenir en parfaicte santé et longue vie. A Grandville le VIIe de mars 1562 (1563).

Vostre plus obéissant a vous faire service.

LE BREUL.

Du même au même.

Monsieur, je receus hier la lettre que mavez escripte que j'ay garde que personne n'entendist le contenu, parcequil ne me fust demeuré ung seul homme ; encore ay je fort affaire à les tenir. J'en ay ce que j'en auray. Je vous supplie donner ordre qu'ils soient paiés (point toujours délicat). Ils sont tous icy alentour. Montgommery est à Avranches. Mongueville est à Brehart. Ils m'envoyèrent lundi sommer par Monsieur le Prince et Monsieur l'Admiral avec plusieurs belles remontrances. Depuis ladite sommation, tous les gentilshommes de ce quartier se sont évanouis. Monsieur je vous supplie encore de faire donner ordre que mes hommes soient paiés (note invariable). Je vous dirai mès que vous veoir *(sic)* ceque l'on dit en ce pays publiquement gentilshommes et aultres. Je m'attends qu'ils auront le mont Saint-Michel de bonne heure. Je n'ay que faire vous dire qu'il seroit requis pourveoir en ce quartier car vous scavez trop mieulx ceque avez affaire Et en cest endroict me recommande bien humblement à vostre bonne grâce, priant Dieu, Monsieur, vous maintenir en parfaicte santé et longue vie. A Grandville, ce IX de mars 1562 (1563).

Vostre plus obéissant à vous faire service.

LE BREUL.

Monsieur, vous scavez ceque c'est d'une place preste à assiéger et les frais qu'il en fault. Je vous eusse envoyé le double des lettres de la Royne quil mande au général vous donner huit mil francs pour lever forces pour la deffense de ce bas pays. Ils ne vous serviroient de rien par delà et se pourroient estres perdus pourceque les deniers sont en ceste ville.

X[1]

Abrégé des vertus de notre très honorée et très vertueuse mère Marie - Angélique du Breuil (sic) de Pontbrian (sic), décédée à Saint - Sauveur - le - Vicomte et professe du monastère de Dol, dont la fondation a été transférée à Caen et troisième supérieure de ladite maison.

Ecrivant la vie d'une âme vraiment religieuse et entièrement morte au monde et à elle-même, l'on ne peut mieux la commencer que par ces sacrées paroles : Bien heureux sont ceux qui meurent au Seigneur, et très heureuse l'âme religieuse qui vit et qui meurt dans l'accomplissement de ses vœux. C'est ce que nous allons prouver dans la vie de cette grande servante de Dieu.

Le jour de sa naissance fut comme un présage de cette mort mystique et de la grande mortification dans laquelle elle devait consommer ses jours. La divine Providence ayant permis qu'elle vint au

1. Commencement du manuscrit de la Visitation de Caen.

monde le jour de la Commémoration des morts, l'an 1610.

Monsieur son père s'appelait René du Breuil (*sic*) seigneur de Pontbriand ; madame sa mère était de la maison de Guémadeuc, tous deux des plus anciennes et illustres noblesses de la Bretagne, mais beaucoup plus relevés par leur rare piété qui les distinguait singulièrement dans le monde que par le rang qu'ils y tenaient. Toute leur application fut d'élever leurs enfants dans les principes du Christianisme, dans la crainte de Dieu et de leur inspirer l'amour de la vertu.

Mademoiselle de Pontbriand fut une des plus susceptibles des bonnes inspirations qu'ils lui donnèrent. Elle avait reçu du Ciel un heureux naturel si doux qu'elle se présentait pour recevoir le châtiment que ses petits frères méritaient. Dieu l'ayant prévenue dès le moment de sa naissance des bénédictions de sa douceur, de sorte qu'elle pouvait dire : « Le Seigneur m'a possédée dès le commencement de mes voies. » L'on a tout lieu de croire que sa raison lui fut avancée dans un âge où les autres enfants ne peuvent pas faire le discernement du bien et du mal. Toutes ses inclinations portées au bien la faisaient aimer et chérir ; on la regardait comme un fruit de bénédiction, ce qui engagea Monsieur et Madame de Pontbriand de la donner aux Révérendes Mères Ursulines de Dinan, qu'elle n'était âgée que de dix ans..... »

XI

Appendice au même manuscrit.

« ..... Nous parlerons maintenant de quatre cahiers écrits de la main de notre vertueuse Mère Marie-Angélique qui n'ont pas été insérés dans sa vie, mais qui méritent qu'on en fasse mention en ce lieu. Le premier est les sentiments et les vues de perfection qu'elle reçut pendant la semaine sainte de l'année 1648 et signés de son sang. Rien n'est plus propre à faire juger quelle était sa fidélité à Dieu et son zèle pour l'acquisition des vertus. Le deuxième les résolutions de sa retraite de l'année 1653, où on voit l'éminente perfection où elle était parvenue. Le troisième a pour titre : Exercice méditatif de la vertu de résignation pacifique de l'âme en Dieu, en ses défauts. Il n'est pas de sa composition, mais elle le pratiquait à la lettre. Rien n'est plus humble ni plus élevé que les sentments de foi, d'amour et de..... que l'on trouve dans ce cahier. Enfin le quatrième est un recueil des avis et conseils qui lui furent donnés par notre très digne Mère de Chantal et d'autres supérieures de notre Institut, où l'on remarque le zèle admirable de notre vertueuse Mère Marie-Angélique, son sincère attachement à l'Institut et ardent désir de voir en cette maison régner l'esprit de nos saints fondateurs..... »

XII

Préface du manuscrit de Dom Trotier intitulé :

Abrégé de la vie de Madame la comtesse de Pontbriand.

Comme l'Église s'est toujours servi avec succès de la vie des Saints pour entretenir les Chrétiens et les porter à l'imitation de leurs vertus, je croirais mériter avec justice les reproches de cette sainte Mère et faire tort à ses enfants si je leur refusais ce qu'il a plu à Dieu de me faire savoir de la vie de Madame de Pontbriand, et si je tenais caché un si grand trésor, puisque, selon toutes les apparences, il n'y a guère de Fidèles qui n'y trouvent des choses dignes d'admiration et de très puissants motifs pour aimer un Dieu qui se montre si libéral envers ceux qui par un généreux mépris de soi-même renoncent à tout ce que le monde a de plus enchantant et de plus flatteur afin de ne s'occuper que des perfections infinies de cet être suprême qui est capable de remplir leurs désirs et de les rendre heureux pendant toute l'éternité. Car, en effet, qui peut toucher davantage dans la religion chrétienne laquelle ne consiste qu'en mépris du monde, en l'amour de Dieu et en une perpétuelle pénitence, comme dit le concile de Trente, qu'une vie où se voient peintes les vertus dans une si grande pureté et une si grande et si haute perfection; quels chrétiens, s'ils ne sont aussi corrompus dans l'esprit que dans les mœurs, peuvent considérer sans admiration une personne d'une des plus nobles, des plus riches et des plus illustres maisons de la province de Bretagne, qui tenait un rang distingué dans le monde et qui n'était encore qu'en la fleur de son âge, renoncer après la mort de son mari à toutes les délices d'une personne très riche, à toute la liberté d'une jeune veuve, à toute la splendeur d'une femme de qualité et à toutes les passions ambitieuses d'une mère pour l'éclat de sa maison et de ses enfants. Quel est l'homme si enchanté des douceurs de la vie présente qui ne pense à en détacher son cœur en voyant le désir ardent que cette pieuse dame avait d'en être délivrée pour aller jouir des ineffables délices que les saints goûtent sans interruption dans la Jérusalem Céleste en présence de l'Agneau de Dieu, son divin époux. Où est l'ambitieux si entêté des honneurs et si affamé des richesses périssables de la terre qui n'en laisse pas la poursuite injuste lorsqu'il verra que notre illustre veuve ne regardait qu'avec mépris tout ce qui fait l'objet de l'espérance de l'ambitieux et les délices des gens du siècle, qu'elle oubliait tout jusqu'à elle-même pour n'avoir plus que le ciel devant les yeux, les louanges de Dieu dans la bouche, ses grâces dans l'esprit et son amour dans le cœur? Quel est le libertin assez aveuglé par ses passions pour ne pas ouvrir les yeux à l'état misérable où il est réduit, voyant cette servante du Seigneur, qui avait été élevée dans toute la délicatesse ordinaire aux personnes de son rang, de son sexe et de sa qualité, si remplie de l'esprit de pénitence qu'il était impossible de l'en rassasier, devenir aussi ingénieuse à macérer son corps par les jeûnes, les veilles, les haires et par mille autres sortes d'austérités et de mortifications que son amour de Dieu et l'envie de lui plaire lui avaient fait inventer que les gens du siècle et les partisans du monde le sont pour plonger les leurs dans les sales voluptés, dans la mollesse et dans les plaisirs les plus honteux !

Enfin, peut-on voir sans admiration cette pieuse veuve si humble qu'elle se dit et qu'elle se croit la plus à charge à la miséricorde de Dieu et la plus misérable de toutes les créatures, rendre, en cette vue, à ses laquais mêmes les plus bas offices dans leurs maladies, si charitable que son plus grand plaisir était de visiter les pauvres, les servir, panser leurs plaies et de faire elle-même leurs lits par dévotion, si remplie de foi qu'elle baisait par respect et par piété la main des pauvres en qui elle reconnaissait Jésus-Christ, si pénétrée d'amour pour Dieu, d'ardeur pour son service et zélée pour sa gloire que toutes les personnes qui l'ont connue et pratiquée (dont j'ai eu l'honneur d'être du nombre) avouent qu'on ne la quittait jamais sans se sentir tout échauffé de ce feu divin dont son cœur était toujours embrasé, en sorte qu'on se disait ordinairement les uns aux autres après s'en être séparé : « N'est-il pas vrai que notre cœur était tout brûlant en nous lorsqu'elle nous parlait ? »

Souvent plusieurs séculières charmées de voir la piété qui régnait dans toute sa maison me demandaient si on pratiquait des choses plus édifiantes dans nos monastères que cette pieuse veuve. J'ai vu même des supérieurs de communautés très régulières qui m'ont assuré qu'ils n'avaient jamais eu sa conversation sans ressentir un nouveau désir de servir Dieu et qu'ils n'avaient jamais rien éprouvé de semblable dans la conversation des religieux même les plus saints et les plus fervents.

On a donc cru en donnant cette vie au public[1] que l'exemple de cette illustre veuve pourrait être de grande édification dans un temps où de semblables merveilles de la grâce ne sont pas si ordinaires. Il m'a semblé aussi que la vie de cette héroïque chrétienne pourrait servir à montrer que Dieu prend plaisir à faire naître de temps en temps dans l'Eglise des personnes accomplies et pleines de mérites dans le sexe quoique le plus faible, pour les proposer comme des modèles à celles de leur condition dont il lui plaît ouvrir les yeux et qui mettent un généreux mépris du monde pour les fortifier par l'exemple de ces grandes âmes dans une si grande entreprise et leur faire espérer les mêmes grâces que les autres ont reçues, le même calme des passions, le même détachement des faux biens et des vaines grandeurs de la terre, la même ferveur d'esprit, la même pureté de

---

1. Ce qui indique que le manuscrit était destiné à être publié.

cœur, la même félicité dans le monde et les mêmes couronnes en l'autre.

Disons donc en lisant cette vie ce que saint Augustin se disait en considérant celle qu'une infinité de jeunes gens avaient menée avant lui : « Quoi donc, Augustin, ne pourras-tu pas aussi bien supporter une vie pénible et mortifiée que cette foule de jeunes gens de l'un et de l'autre sexe, qui y ont persévéré sans que leurs années tendres ni la faiblesse d'une complexion chancelante et délicate, ni aucune raison de bienséance aient jamais pu leur faire écouter les plaintes d'une nature corrompue ni retrancher rien des grandes austérités dans lesquelles ils s'exerçaient jour et nuit pour se rendre agréables aux yeux du divin Époux après lequel ils soupiraient. »

C'est ainsi que ce grand saint s'encourageait lui-même à embrasser une vie chaste et mortifiée. Disons-nous aussi en considérant celle-ci : « Qui est-ce qui m'empêchera d'imiter cette pieuse dame dans ses prières, dans ses aumônes, dans ses pénitences, sa retraite, son silence, son humilité et dans toutes ses autres vertus où elle s'est exercée sans relâche jusqu'au dernier soupir de sa vie ? Avait-elle plus de forces que moi ? Avait-elle moins d'embarras, moins de passions à combattre, moins de raisons de conserver sa santé, sa vie, ses richesses ? Vous l'allez voir dans sa vie, et vous en serez vous-mêmes les juges.

J'ose bien prendre la liberté, mon divin Sauveur, de vous présenter cette vie de votre fidèle servante.

Elle vous appartient puisqu'elle est l'ouvrage de votre grâce, l'image de cette vie humble et pénitente dont vous avez donné de si beaux exemples pendant que vous avez conversé parmi nous, et que tous ses mérites ont été vos propres dons. Votre loi a toujours servi de règle et de mesure à toutes ses actions, votre esprit l'a toujours conduite dans la voie étroite où elle a marché; votre cœur a été la source des feux sacrés qui l'ont embrasée; elle n'a été soutenue que de votre force contre les ennemis de son salut, et votre sang précieux, mêlé avec ses larmes, a donné le prix à sa pénitence; enfin, n'ayant reçu que de vous, sa vie toute remplie de vertus ne peut appartenir qu'à vous.

Toujours occupée au dedans de soi-même par la prière, toujours occupée au dehors par les œuvres de miséricorde, ses jours se sont trouvés pleins, et il ne restait sinon que vous couronnassiez dans le ciel, par la possession de votre gloire, le nombre infini de ses actions qu'elle avait fait sur la terre par le moyen de votre grâce, son âme n'étant faite que pour vous, ne devait être qu'à vous dans le temps et dans l'éternité. Possédez-la donc, Seigneur, et soyez sa récompense et sa possession, selon votre promesse. Mais ne souffrez pas, Seigneur, que les beaux exemples qu'elle nous a laissés s'effacent à sa mort; donnez encore à ses vertus tout l'éclat qu'elles avaient lorsqu'elle les pratiquait, afin que ceux qui en verront les traces marquées dans son histoire soient plus fortement portés à l'imiter. Rendez-les aussi sensibles qu'elle l'a été à la

misère des pauvres, mais surtout faites la grâce à ses
chers enfants qu'ils soient de dignes enfants d'une
telle mère et que ce n'est pas en vain qu'elle s'est
donné tant de peines pour imprimer dans leur cœur
votre amour et la crainte de vous déplaire. Faites-
leur comprendre que l'humilité chrétienne est la
seule grandeur à laquelle ils doivent aspirer et qu'ils
ne doivent se faire honneur qu'à remplir la glorieuse
qualité de Chrétien qu'ils portent, et puisque nous
sommes tous pécheurs de naissance et d'état, donnez-
nous un sincère désir de vivre et de mourir en véritables pénitents ; achevez votre ouvrage en nous sur
le modèle que vous nous proposez et ajoutez à vos
anciennes miséricordes des grâces qui nous rendent
dignes de suivre fidèlement celle qui vous a suivi si
constamment dans les plus difficiles démarches de
votre vie sur la terre.

XIII

Lettre de Madame de Pontbriand
(Mlle de la Garaye) à Dom Trotier, son directeur [1].

« Mon attrait dans l'oraison, c'est l'amour de Dieu.
Je voudrais toujours y être, et toujours aimer mon

1. L'une des nombreuses lettres dont ce même directeur nous
a conservé la trace, sinon le texte, et qu'il semblait se proposer
de publier *in extenso*.

Sauveur Jésus-Christ. Je m'y entretiens avec lui d'une manière si tendre, si affective, que je suis hors de moi.

« Je ne puis vous rendre compte de ce que je lui dis. Je l'adore, je l'aime, je le chéris, je désire passionnément de lui plaire, je ne veux et ne souhaite que lui seul. Je donnerais volontiers mon sang et ma vie pour son amour. Je voudrais de tout mon cœur pouvoir mourir d'amour pour mon Dieu. Je désire l'aimer si ardemment que les larmes m'en viennent aux yeux. Ce sont des larmes bien douces qui me causent bien de la joie.

« Je le prie dans ce temps-là de m'attacher à la croix avec lui, et de me faire plutôt mourir mille fois que de lui déplaire. Je l'aime plus que mon cœur. Je voudrais pouvoir arracher ce cœur et le mettre en mille morceaux pour lui plaire. Je ne pense qu'à lui. Je l'aime, et c'est un martyre pour moi que de ne le pas aimer autant qu'il est aimable. Je pleure; je gémis, je m'adresse au Ciel et à la terre, je prie les anges et les saints de suppléer à mon impuissance, souhaitant de l'aimer comme eux tous ensemble.

« Je m'élance dans le cœur de Jésus-Christ; j'unis mon peu d'amour à celui de ce divin cœur. Je sens alors de si violents transports d'amour, que ma poitrine en est toute échauffée et devient une fournaise ardente, mon cœur est tout de feu ; les lèvres m'en brûlent; ainsi que l'endroit vis-à-vis le cœur. Ce qui s'y passe est si violent, que les os semblent vouloir

se disloquer, et mon sang est tout en mouvement.
C'est un amour, un zèle, ou plutôt un feu qui me
consume, mais bien agréablement.

« Comme ma plus grande peine est de ne pouvoir
aimer ce grand Dieu, autant qu'il est aimable, pour y
suppléer, je m'unis à l'amour que le Verbe adorable
a pour le Père Éternel, et à celui que le Père a réciproquement pour son Fils, et il me semble que je me
trouve soulagée parce que je le vois aimé autant qu'il
est aimable et d'une manière digne de lui. Je ne sais
si, étant aussi impie que je le suis, je dois prendre cette
liberté de m'unir à cet amour infini et mutuel. Man-
dez-moi si je dois m'en abstenir.

« Dans la ferveur de mon amour, baisant la plaie
de son cœur amoureux, il me vint dans la pensée de
faire une croix sur ma poitrine. Je ne savais si je la
devais faire ; je disais : *Le voulez-vous, ô mon Dieu ?*
Il me semble qu'il me disait : *Oui*. J'ai pris des ciseaux
et je me suis coupée en trois endroits ; j'ai fait une
petite croix ; j'eusse bien voulu lui donner tout mon
sang. Il me semble que cela m'a soulagée. Je viens
dans le moment de lui signer du sang de ma poitrine, sur laquelle j'ai ciselé le nom de Jésus, que je
l'aime mille fois plus que je ne puis dire. Je voudrais
que ce fût du sang de mon cœur. Je voudrais briser
mon cœur et le lui donner.

« Je voudrais de tout mon cœur souffrir le martyre pour lui plaire. C'est un martyre pour moi de
ne pouvoir lui témoigner combien je l'aime. Oh !
quel martyre de connaître et aimer un Dieu et de

ne pouvoir le posséder ! La crainte de lui déplaire en est un autre.

« J'ai souvent une si grande activité de cœur pour Dieu, que je ne sais où me mettre. Je suis comme folle, et pendant ce temps, je ne fais que dire : *O mon Dieu, ô mon grand Dieu, que voulez-vous de moi ?*

« Vous croyez que mes oraisons sont fort tranquilles, et cependant ce ne sont que transports, qu'agitation, qu'activité, qui me font me prosterner le visage contre terre, ou bien baiser les pieds ou le côté de mon crucifix, ou bien dire mille fois : *Mon amour, mon Dieu, mon tout*. Je voudrais qu'on m'ouvrît la poitrine, afin que mon cœur pût s'élancer vers mon Dieu. Je l'aime à la fureur.

« Ah ! que mon exil est long ! que je suis fâchée d'être si jeune ! je n'ai que trente-quatre ans. J'en voudrais avoir soixante, je pourrais espérer de finir bientôt cette misérable vie et de jouir bientôt de la présence de mon cher Sauveur. Dernièrement, je m'aperçus que je crachais du sang, Je dis selon ma coutume : J'en suis bien aise, je mourrai, apparemment bientôt : mais ayant vu que ce n'était rien, j'en eus autant de chagrin que j'avais eu de joie au commencement. J'ai autant de peine à accepter la vie que d'autres à accepter la mort.

« *Mon Seigneur*, lui dis-je quelquefois la larme à l'œil, *délivrez-moi de mon exil, afin que je vous aime sans crainte de jamais vous offenser. O mon Dieu, mon cher amour* : je voudrais pouvoir lui dire toujours ces paroles, que tous les mots que j'écris fussent autant

de marques de mon amour pour lui ; que toutes les
créatures du monde fussent autant de langues qui
pussent lui marquer combien je l'aime, car, à présent,
je ne puis exprimer ce que je sens.

« Quand cela est apaisé, ce sont des torrents de
larmes de ne pouvoir assez aimer mon Dieu. Après
cela je tombe dans une langueur, où je demeure
longtemps presque sans connaissance, comme dans
un demi sommeil, sans dormir cependant. Je sens
bien que j'aime.

« Il y a des moments où je suis si fort prise que
j'ai peine à respirer. L'esprit s'élève et se perd. Le
corps s'en ressent. Il m'arrive quelquefois qu'on
m'élève si fort la tête, que le col m'en fait mal, mais
je ressens de grandes douceurs dans l'âme.

« Je crus dernièrement que j'allais expirer en sor-
tant de mon oraison. J'étais si faible que je ne pouvais remuer ni bras ni jambes, tout froide, sans pouls
ni battement de cœur, en un mot comme une personne qui expire, n'ayant presque point de connaissance, la bouche entr'ouverte, sans pouvoir dire ni
penser rien au monde. Il me faut du temps pour
revenir à moi et reprendre mes forces. Je reviens par
de certains soupirs vers Dieu.

« Quelque chose que je fasse pour un peu me
récréer, je n'y trouve aucun goût. Toute ma passion
est d'aimer mon Dieu et de m'entretenir avec lui.
Dès que je veux prendre quelque divertissement, il
me prend une certaine langueur d'amour pour lui,
si grande que je suis obligée de tout quitter pour aller

m'unir à lui. Je lui dis souvent : *Mon Dieu, animez-moi, enivrez-moi, consumez-moi de votre saint amour*. Je ne saurais lire une demi-page d'un livre de dévotion que je ne me trouve éprise d'amour; et l'envie que j'ai de m'unir à Dieu fait que je quitte le livre et qu'il me tombe des mains pour aller à l'oraison, où je ne suis pas plus tôt qu'il me prend certaines langueurs d'amour bien agréables. Les heures ne m'y durent rien.

« Je ne sais si tout cela est bien. Je reviens toujours à cette inquiétude que j'ai, que mes oraisons ne soient que des illusions. Ce qui me rassure est que je n'ai point en cela d'autres vues que de plaire à Dieu, que j'aime et que je veux aimer aux dépens de ma vie même.

« Je suis fâchée d'avoir mis tout cela par écrit, mais voilà pourtant l'état où je suis. Si c'est un mal de vous le faire savoir, ne m'y entretenez point; car j'aimerais mieux mourir mille fois que d'offenser mon Dieu [1]. »

---

1. *La comtesse de Pontbriand*, pp. 148-155.

XIV

Réflexions du P. Trotier après avoir reçu la mission de diriger la conscience de Madame de Pontbriand.

Quand je me vis chargé d'une âme aussi parfaite et aussi chère à Dieu, j'avoue que je commençay à m'effrayer, pour elle et pour moi, connaissant combien j'étais indigne et peu propre pour conduire une âme d'un si grand mérite et que Dieu appelait à une si haute perfection. Mais, sachant, d'un autre côté, qu'il prend souvent plaisir à se servir des plus faibles instruments pour opérer ses plus grandes merveilles, afin qu'on n'en puisse attribuer la gloire qu'à lui seul et nullement à ceux qui pourraient paraître aux yeux des hommes y avoir contribué en quelque manière, je m'appliquai à la faire avancer le plus que je pouvais dans la pratique des vertus les plus héroïques, demandant tous les jours à Dieu que, puisqu'il l'avait adressée à moi, il eût la bonté, sans égard à mes péchés, qui me rendaient indigne d'entrer dans un si haut emploi, de m'instruire et de me faire connaître les voies par où il souhaite que je la conduise et que je la fisse marcher pour arriver à la haute perfection à laquelle il l'appelait.

Je m'appliquai donc toujours à la porter à ce que je croyais plus parfait, trouvant toujours en elle une docilité d'enfant et une humilité charmante, un cœur tout de feu et toujours disposé non seulement à accepter, mais même à prévenir surtout ce qu'elle croyait devoir la rendre plus agréable à Dieu. Effectivement, je ne crois pas qu'on ait jamais trouvé une âme plus ardente en charité, qui eût des sentiments plus bas d'elle-même, une plus haute idée de la majesté de Dieu, un plus grand désir d'augmenter sa gloire. On peut dire même que son plus grand défaut était d'avoir un empressement trop vif et trop ardent à faire le bien. Elle était inquiète et mécontente d'elle-même, n'en faisant à son gré jamais assez, toujours prête à entreprendre quelque chose de nouveau pour la gloire de Dieu et pour sa sanctification ; et quand elle l'avait mis à exécution : Ce n'est point assez, disait-elle, *aimer Dieu comme il faut et comme il le mérite : c'est là ma peine et mon martyre.* C'était bien là une disposition pour parvenir à une sainteté éminente, mais une disposition qu'il fallait détruire pour y arriver, car l'esprit de Dieu ne se plaît pas dans le trouble, il aime la paix et la tranquillité du cœur[1]. »

XV

Lettre de Madame de Pontbriand à Dom Trotier, son directeur.

« Comme vous savez que je suis fort naïve, vous ne serez pas surpris de ce que je vais vous dire. Il y a

1. *La comtesse de Pontbriand*, pp. 142-162.

bien des gens qui voudraient me persuader que votre congrégation[1] est remplie de Jansénistes, et qu'il est dangereux de se laisser conduire à ces sortes de personnes.

« Cela ne laisse pas de me donner quelque peine à votre sujet. Car quoique je sois très ignorante, je sais parfaitement que je dois m'attacher au tronc, c'est-à-dire à l'Eglise et à son chef, et qu'autrement je courrais risque de me perdre. C'est sur ce principe (qui m'a été enseigné dans mon catéchisme) que j'aimerais mieux mourir que de prendre pour directeur un homme dont l'Eglise aurait condamné la doctrine.

« Car je cherche Dieu sincèrement et simplement, n'ayant que la foi, comme on dit, du charbonnier, c'est à-dire que je crois tout ce que l'Eglise m'enseigne.

« Ce n'est pas à moi à raisonner et à disputer sur ce qu'elle m'ordonne de croire. Aussi je le crois tout à l'aveugle, sans craindre néanmoins d'être dans l'erreur, parce que je sais que Jésus-Christ la gouverne et lui a promis son assistance. Je vous dis cela à l'occasion du bruit qui court de la constitution du pape Clément onzième.

« Quoi qu'on pense de votre congrégation, la charité m'oblige de n'en rien croire, mais encore moins de vous que de tous les autres, puisque je vous dois cette justice que vous ne m'avez jamais donné que

---

1. Bénédictins de Saint-Maur.

de très bons conseils, capables de me porter à la plus haute perfection. Mais j'ai été cependant bien aise de vous ouvrir de nouveau mon cœur.

« Vous ne sauriez croire combien je ressens de peine de voir ainsi l'Eglise divisée. Tout bon catholique doit prier Dieu de mettre la paix et d'unir les membres avec le Chef, qui est son lieutenant en terre.

« Les disputes de la Grâce se renouvellent au sujet du livre du Père Quesnel[1]. Ce n'est point à une ignorante comme moi d'entrer dans ces disputes : J'aime mieux sentir ses effets que de savoir comment elle agit.

« Si l'on me demandait ce que je crois, je répondrais que je crois ce que croit l'Eglise, et si l'on me demandait ce que croit l'Eglise, je dirais qu'elle croit ce que je crois. Je sais seulement que je dois aimer Dieu, et que je ne puis l'aimer sans la grâce. Demandez-là pour moi. »

A la suite de quoi Dom Trotier ajoute : « L'on peut voir l'éloignement qu'elle avait pour les *appelants* et pour tous ceux dont la doctrine était suspecte, ne voulant pas même avoir de commerce avec eux et pour tâcher de ramener tous ceux qui paraissaient s'écarter de la soumission qu'on doit avoir pour les décisions de l'Eglise, elle avait tous les ouvrages de Mgr l'évêque de Soissons[2] et d'autres ouvrages

1. Célèbre oratorien et janséniste.
2. Enfin le biographe dominicain de la comtesse de Pontbriand, que l'on croit être le P. Joseph ou Thiébault, ajoute après avoir, lui aussi, reproduit la même lettre :

pareils pour les distribuer et les prêter aux ecclésiastiques qui ne pouvaient avoir les moyens de les
acheter. La lecture de ces beaux écrits et sans doute
ses prières, en ont fait revenir plusieurs[1]. »

XV

Dédicace à la Reine [2], par l'abbé de Pontbriand

MADAME,

« A qui puis-je mieux dédier un livre, dont le principal but est de procurer à la Croix de véritables
adorateurs, qu'à une grande Reine remplie d'amour
pour Jésus-Christ, et qui par ses exemples inspire la
vertu, et trouve le moyen de la rendre aimable ?
VOTRE MAJESTÉ, toujours attentive sur elle-même,

« Telle était sa soumission à l'Eglise et son respect pour les
décrets des Souverains Pontifes et sa grande foi pour les mys-
tères les plus élevés et les plus obscurs de notre sainte religion.
Elle aimait même les respectables obscurités, qui, faisant le
mérite de la foi, font éclater la toute-puissante grandeur d'un
Dieu qui peut opérer une infinité de prodiges impénétrables à
la faiblesse de notre entendement. Plus ils lui paraissaient élevés
au-dessus de l'esprit humain, plus elle les trouvait adorables au
travers de ténèbres sacrées qui les cachaient aux yeux de la
sagesse humaine. »

1. *La comtesse de Pontbriand*, p. 159-160.
2. Marie Lecksinska, mère du Dauphin et aïeule de Louis XVI.

né s'est jamais laissée éblouir par l'éclat des plus
grands honneurs ; elle a su, en se préservant du
poison de l'orgueil et de la vanité, conserver cette
modestie, cette douceur, cette affabilité, qui, en
attirant l'admiration, gagne les cœurs de tous ceux
qui ont l'honneur de l'approcher. Persuadée que la
plus grande gloire du monde disparaît comme une
ombre, et qu'il n'y a de vraie et solide grandeur que
dans la vertu ; sa principale occupation a été de secourir
les misérables, de consoler les affligés, de se rendre la
protectrice de la veuve et de l'orphelin [1], et ses bontés
se sont étendues jusqu'à procurer des instructions à
un peuple dont le salut était en très grand danger [2].

« Malgré les bienséances et les soins inséparables
du Trône, on a toujours vu Votre Majesté, et on
la voit encore remplir avec exactitude tous les devoirs
de la Religion, quitter les amusements et les plaisirs
pour aller se prosterner au pied de la Croix, y solliciter en faveur du Royaume, et se mettre elle-même
par son humilité et sa ferveur à couv. des pièges d'un
monde qui se présente à ses yeux sous l'appareil le
plus séduisant.

C'est ainsi, Madame, qu'en apprenant à tous vos
sujets le chemin qu'ils doivent tenir pour arriver à
l'heureuse éternité, vous faites connaître aux grands

1. Allusion aux charités auxquelles la Reine associait l'abbé de
Pontbriand, comme en témoigne l'abbé Proyart.

2. Autre allusion spéciale à ce qui concerne l'œuvre des
Petits-Savoyards.

que dans le plus haut point de gloire et d'élévation, on peut, sans rien perdre de son rang, donner au public le spectacle d'une vie pure et irréprochable ; et que plus on a reçu de sa bonté, plus aussi doit-on lui marquer d'amour et de reconnaissance.

Une conduite si admirable et si édifiante ne peut manquer d'avoir beaucoup de force sur les esprits et d'attirer les bénédictions du Seigneur sur un jeune Prince, né avec les plus heureuses inclinations, et qui possède déjà toutes les qualités d'esprit et de cœur qu'on peut désirer. N'a-t-on pas lieu d'espérer, qu'étant uni à une Princesse de son Sang, dont le mérite et la vertu répondent à sa haute naissance, il sera un jour, avec son auguste Epouse, l'appui de la Religion, l'ornement, la gloire et le bonheur de la France ?

« Plaise au Seigneur verser ses plus spéciales faveurs sur une alliance si glorieuse, conserver un roi si tendrement aimé et respecté de ses sujets, et faire régner longtemps une Reine dont tous les moments sont employés à faire fleurir la piété et à soulager les peuples. Ce sont les vœux que fait celui qui a l'honneur d'être, avec un très profond respect,

MADAME,
DE VOTRE MAJESTÉ

Le très humble, très obéissant et très fidèle serviteur et sujet, DE PONTBRIAND, prêtre, agrégé du Mont-Valérien.

TABLE DES NOMS PROPRES

TABLE DES MATIÈRES

CHAPITRE III

XVIIIᵉ siècle

CHAPITRE IV

Derniers temps

QUELQUES DOCUMENTS

ABBEVILLE. — IMPRIMERIE F. PAILLART

Ouvrages du Vte Albert RÉVÉREND

LES FAMILLES TITRÉES & ANOBLIES

AU XIXe SIÈCLE

ARMORIAL DU PREMIER EMPIRE. Titres, Majorats et Armoiries concédés par Napoléon Ier, avec **les états de services, les dotations, la descendance directe des titulaires,** continués jusqu'à nos jours, par le Vicomte Albert RÉVÉREND, Directeur de l'« Annuaire de la Noblesse de France ». — 4 vol. grand in-8 formant 1.450 pages de texte. Prix . . . . 100 fr.

ALBUM DE L'ARMORIAL DU Ier EMPIRE, avec la collaboration du Comte Eugène VILLEROY. — 140 pl. petit in-folio (de 30 écussons chacune) . . . . 200 fr.

TITRES, PAIRIES & ANOBLISSEMENTS de la Restauration. — 6 volumes grand in-8, 2.600 pages. . . . 150 fr.

TITRES & CONFIRMATIONS DE TITRES. Monarchie de Juillet, IIe République, Empire, IIIe République. — 1 vol. grand in-8, 700 pages, en 2 parties. . . . . 50 fr.

ANNUAIRE DE LA NOBLESSE DE FRANCE, fondé en 1843 par M. BOREL D'HAUTERIVE et continué sous la direction du Vicomte Albert RÉVÉREND. 1913, soixante-neuvième volume (71e année). Petit in-8, III-422 p. et blasons en couleur. 10 fr.

Chaque année (*sauf épuisées*). . . . . 10 fr.

La Collection complète formant l'Armorial le plus complet et le plus autorisé. Exempl. d'occasion, 69 vol., rel. demi-chagrin . . . . 600 fr.

ARBRES et TABLEAUX GÉNÉALOGIQUES

Feuilles blanches avec blasons préparées
pour dresser les généalogies et les quartiers de noblesse. 1 fr.

Marquis de VOGUÉ
de l'Académie Française et de l'Acad. des Inscriptions et Belles-Lettres

UNE FAMILLE VIVAROISE

Histoires d'autrefois racontées à ses Enfants
2 beaux volumes in-18, avec planches. — Ensemble. . . 7 fr.
Tome III. PIÈCES JUSTIFICATIVES . . . . 3 fr. 50

www.ingramcontent.com/pod-product-compliance
Lightning Source LLC
Chambersburg PA
CBHW070503030726
47503CB00004B/1150